LES FEMMES, LE SEXE, LE NON-ÊTRE ET LA *FUITE* DU MONDE

ROMAN DE PIERRE ALCOPA

Eonta toute nue – elle avait belle allure sauvage – allongée à plat ventre sur les rochers escarpés de la Terre, le corps impétueusement voluptueux violemment aspergé des embruns d'une folle mer turquoise, les gouttes d'eau éclataient sur la peau comme des éclairs plein du feu du ciel, brasillaient sur les fesses bellement charnues, bellement sphériques, infiniment fouaillées d'une puissante pluie noire. Rideau !

Pendant que le rideau s'était fermé, un son dantesque avait éclos, à mesure que jaillissait une fleur carnivore : New York City. Le sol de la petite chambre à coucher glaciale était tel un grand lit garni d'un unique drap de cuir rouge écarlate. Des formes humanoïdes couvertes d'ombre s'y glissaient. Le lit était silencieux. Seuls les murs chaulés résonnaient de souffles rauques, du cuir grasseyant et de la plantureuse paire de fesses de Valérie à la belle chevelure noire venant contre-choquer le bas ventre du mâle le Boiteux. La pièce froide exhalait la sueur, le sexe mouillé et une saveur marine. Des bouches nuageait de la vapeur. Le mâle prenait en levrette Valérie. Comme elle insistait – « jouissant plus vite par le cul que par la chatte ! » affirmait-elle le regard par en-dessous –, il la sodomisait. Cela ne le dérangeait pas, puisqu'il n'avait plus envie de la respecter. Qu'elle lui tendît ses grosses fesses comme un animal soumis, cela même l'excitait. Les reins cambrés, la colonne vertébrale incurvée qui remontait jusqu'au pressentiment de la mort pour redescendre vers la tête traversée par la ligne brisée de la soumission comme mode de narration de soi, Valérie à la belle chevelure noire hurlait, comme d'effroi face à une apparition surnaturelle. Aussi bandaitil très long, au point de voir son gland conchié sortir du cri de la bouche chevaline de Valérie, rangée de dents puissantes comme celles de la panthère s'enfonçant dans la chair palpitante de sa proie. Le sang chaud lui giclait sur la gueule ! « Te trompes pas de trou » disait Valérie à son *dominateur*. Puis, plus tard, la voix molle comme sous l'ivresse : « J'en ai partout ! » « C'est pas le but recherché ? » lui demandait le performatif mâle. « Si ! » répondait-elle, en ajoutant : « Dépêche-toi, j'ai plus de salive ! »

Les avenues de New York étaient en partie éclairées par d'immenses panneaux pornopublicitaires qui imposaient tous le même type d'images de fesses nues de femmes sans visage, corps décapités juvéniles, siliconés et hygiéniques. Derrière l'épaisse paroi de verre elles étaient comme intouchables et impénétrables. Elles projetaient dans les moindres interstices de la ville leur message :

CROIRE À LA BEAUTÉ
CERTAINES FEMMES Y PARVIENNENT
CORPS ZÉRO DÉFAUT
POUR UNE PEAU BELLE À CROQUER

Des silhouettes sombres se faufilaient sur les trottoirs. Mais seulement les ombres filiformes de ces corps désincarnés se touchaient, s'entrecroisaient et s'absorbaient. Des papillons de nuit se cognaient contre le verre d'un réverbère rouillé d'une rue où marchait d'un pas léger Valérie à la belle chevelure noire. Ses cheveux flottaient sur ses épaules sous la cadence du croisement de ses longues jambes. Elle avait de fines chevilles. Valérie s'arrêta à l'arrêt du bus. Elle consulta le panneau des horaires et constata avec un geste d'agacement qu'elle venait de le rater de peu. Une longue attente était nécessaire pour le prochain départ. Elle s'assit sur le banc en acier. Elle croisa ses jambes, galbées dans des bas résille noirs. Le treillis du plafonnier de l'abribus projetait son ombre sur son visage, en particulier sur sa bouche charnue. Son regard par en-dessous, creusé de belles cernes, se posa sur l'image d'une nymphe nue, de dos, la tête hors-champs. Un corps ferme, moulé, sculpté, retravaillé sur ordinateur selon les critères scientifiques de beauté anorexique. Sous les fesses plantureuses un texte en lettres noires : TREMBLEZ BANDE DE LARVES ! Valérie lisait. Elle lisait tout, c'était plus fort qu'elle. L'image reflétait une lumière blafarde sur son visage. Un papillon de nuit vint tourbillonner autour d'elle. D'un geste lent de sa longue main osseuse, elle le fit partir. Attiré par la lumière du panneau, il papillonnait autour de l'immense croupe juvénile, sur laquelle se reflétait une fenêtre allumée. Derrière la fenêtre, Valérie la sagace devinait la palpitation hypnotique d'un écran de télévision d'où s'échappaient les paroles ailées d'une belle jeune femme. Elle était vêtue d'une robe blanche en vinyle, moulante et ultra-courte, épousant au plus près les lignes de son corps, magnifiant le volume de ses seins, le galbe de ses hanches. Cette deuxième peau de vinyle ruisselait d'éclats de lumière blanche artificielle et lui sculptait une silhouette envoûtante. Des bas de couleur chair scintillaient tout au long de ses jambes croisées, et paraissant immenses sous l'angle de prise de vues de l'objectif courte focal LensBaby. Au niveau du mollet –

elle avait de belles et fines chevilles – un petit papillon vert était brodé sur le bas. Ses cheveux courts et d'un noir d'encre entouraient un visage anguleux. Elle avait de petits yeux sombres coruscants, un petit nez droit, une petite bouche purpurine très fine. Elle fronçait les sourcils tout en parlant. Ses paupières étaient frangées de longs cils plumeux. D'une voix posée et rauque, elle disait qu'elle était étudiante en philosophie. Son projet était d'utiliser son expérience sexuelle pour écrire une thèse sur la trivialité et la beauté de l'obscène… Au fur et à mesure que la belle jeune femme parlait, son image rétrécissait sur l'écran de télévision, comme si elle était aspirée à l'intérieur d'un océan noir… Dans ce territoire sans limite, Valérie voyait ramper un homme, son *dominateur*…

Le Boiteux rampait. Il avait un visage ridé et gris, avec de gros yeux bleu acier, un long nez busqué, une bouche mince, le tout étrangement surmonté d'un tignace noire et plumeuse. Il avait la bedaine flasque écrasée contre le sol noir sur lequel il se traînait. Il était vêtu d'un costume en polyester couleur papillon de nuit. Le Boiteux se sentait rapetisser à l'intérieur de son corps. Il rampait dans sa souffrance comme une petite larve. Et il avait peur. Une peur qui lui comprimait la poitrine. Il devinait qu'il devait être en train de mourir, de glisser dans un abîme, le même que celui d'avant sa conception, ce moment opportun où le spermatozoïde vorace avait pénétré de plusieurs milliards de coups de flagelle sa proie ovulaire. Pour ne pas sombrer derechef dans l'opacité d'avant cet instant, le Boiteux devait entreprendre quelque chose. Mais quoi ? S'accrocher

10

où ? S'attacher à qui et à quoi ? Alors, d'un coup de reins, il se redressa pour se retrouver face à un mur cloqué, écaillé et suintant d'une chambre imprégnée d'une forte odeur d'humidité sexuelle. Sa main gauche astiquait avec vigueur son vit. Le Boiteux fermait les yeux pour essayer de visualiser ce duvet noir et musqué qui voilait le sexe de Valérie, ce sexe qu'elle ne voulait plus qu'il possédât. Se branler pour capturer cette image, le plus longtemps possible, afin de retarder l'échéance de la mort. Conatus insurmontable. Du sperme épais et très blanc giclait en saccade sur les écaillures du mur. Et le mur décrépi vacilla, puis bascula en arrière. L'ampoule de 10 watts piquée dans le plafond lézardé s'éteignait peu à peu... Et le Boiteux se retrouvait devant sa table de travail de l'entreprise Corps Zéro Défaut, qui l'employait depuis plusieurs décennies. Sa tâche consistait à colorier des rues, en noir, blanc, rouge et vert, sur des plans de différents secteurs de New York. Chaque couleur qu'il utilisait correspondait à un commercial qui devait prospecter ce quartier afin de vendre des produits cosmétiques pour l'entretien du corps des femmes. Ce labeur, répétitif, ennuyeux et ingrat, et fatiguant pour les yeux, ne trouvait de compensation pour le Boiteux que dans l'observation clandestine du décolleté *sexy* de sa collègue assise face à lui et occupée à la même tâche. Par instant, elle se voûtait, l'encolure bâillait alors sur les deux seins blancs comprimés dans de la dentelle. Ainsi la vraie vie reprenait-elle ses droits : contempler les femmes pour être l'égal, sinon plus, des dieux. Georgia avait trois qualités : un cœur d'artichaut, des jupes ultra-courtes et des idées ultra-larges. Et souvent, pendant les pauses, elle ne refusait pas de s'enfermer dans les Toilettes pour

Femmes avec le Boiteux afin de partager un bon joint bien tassé d'herbes folles. Le midi, ils allaient manger ensemble dans un parc leur casse-croûte. Des fois elle lui racontait les *paniques* de son mec, lorsqu'il était en manque. Leurs disputes où elle lui balançait toute la vaisselle sur la figure. Une fois il eut juste le temps de se baisser pour éviter un plat en inox qui alla éclater le miroir. Durant de longues années Georgia avait vécu seule et enfermée chez elle. Des journées entières devant l'écran chronophage du téléviseur. Des soirées entières à s'endormir affalée sur le canapé. Des nuits entières à se branler avec des joujoux électroniques qui font *Crac!* dans le vagin et *Boum!* dans le cul. Puis des jours et des nuits qui devenaient un seul espace-temps sous l'effet de la came. Depuis, elle jouait les sirènes silencieuses sur les rives du Styx. Le vent y soufflait fort. L'eau noire du fleuve s'écoulait très lentement, en gardant une surface lisse, sur laquelle Georgia aimait à se voir belle, la peau blanche frissonnante, les tétins durs des ses petits seins, avec ce minuscule tatouage d'un papillon à la base du sein droit, et ce fin duvet courir le long de ses bras, de son ventre, de ses cuisses et sur sa nuque, puis descendre tout au long de sa colonne vertébrale jusqu'au sillon glutéal qui lui sculptait avec rien d'autre que sa noirceur séculaire une silhouette callipyge, laquelle, quelques fois, venait traverser les songes du mâle le Boiteux. Allongée auprès de lui, Georgia lui marmonnait que les nuits étaient courtes et les journées fatigantes ; elle lui racontait qu'un meurtrier enfermait des papillons, vivants, dans le corps des femmes qu'il avait tuées après les avoir violées ; un nouveau cadavre venait d'être découvert dans une chambre ; puis elle partait nager dans les eaux noires du Styx. Le Boiteux la regardait nager dans le fleuve sans reflet. Et il repensait à cette histoire d'assassin. Un sentiment de… culpabilité… d'irréversibilité de cet acte… Un hurlement vint l'arracher des griffes de son angoisse. Georgia se débattait dans le fleuve. Puis elle disparut sous l'eau noire. Le Boiteux se leva et plongea. Il ne voyait rien. Il s'enfonçait dans l'eau noire. Ses ongles s'enfonçaient peu à peu dans la chair de Valérie, tandis que sous le rythme de ses coups de reins son sexe allait fouailler à l'intérieur de son ventre endormi. Pour ne pas défaillir et basculer dans la mélancolie, le Boiteux fixait sa concentration sur le balancement de l'opulente poitrine. Le corps de Valérie était dur. Même pas couvert de sueur. Elle contractait les muscles de son sexe tout en se mordant la lèvre inférieure. Les rondeurs de son cul imprimaient aux deux corps ce balancement compulsif qui effaçait, petit à petit, le souvenir de Georgia s'enfonçant dans l'eau noire. Alors le Boiteux sortait son sexe de la vulve. Les yeux froncés, Valérie regardait l'aspersion de sperme en fine cotonnade sur son ventre. Le Boiteux avait l'impression de l'avoir violée. Il avait toujours cette impression, pendant et après le coït, et avec Valérie. Elle ne lui manifestait jamais son désir. Au lit, elle pouvait même s'offusquer de l'aspect clinique que pouvait prendre leurs ébats, et elle s'interrogeait aussi sur le fait que ce soit toujours la femme qui devait jouir en criant. En fait Valérie s'était mise au diapason de son mâle, son *dominateur*, et cela lui convenait, comme cela avait convenu au Boiteux pour contre-carrer sa peur du sexe et des femmes.

Le Boiteux entra dans le salon et vit Valérie, nue, assise à sa table de travail. Sa belle chevelure noire ondulait en cascade sur ses épaules. Les puissantes cuisses contractées, les pieds sales sur la pointe, elle était légèrement penchée en avant, en train de piquer un papillon mort sur un bouchon de liége. Il y avait quelques jours, elle était partie dans Central Park et en avait ramené plusieurs spécimens. Une fois séchés, Valérie les mettait sous-verre. Derrière elle, au mur était suspendue et alignée, de façon symétrique, une centaine de papillons. Valérie posa le bouchon devant elle et prit du bout des doigts un autre papillon. Doucement, elle déploya les ailes. Le Boiteux s'approcha d'elle, en claudiquant. Il la regardait prendre l'aiguille et l'enfoncer dans le corps séché de l'insecte. Le liège du bouchon crissait. Le Boiteux détourna les yeux vers le mur qui lui faisait face et sur lequel était collée une immense affiche d'une paire de fesses Zéro défaut.

ELLE EST TOUJOURS LA MÊME

FÉMININE

COPRS ZÉRO DÉFAUT

C'était le cul de Valérie, se souvenait le Boiteux en claudiquant vers l'affiche. Cette photographie datait de l'époque où elle avait été modèle pour Corps Zéro Défaut. Pourquoi avait-elle ressorti cette affiche ? se demandait le Boiteux en s'asseyant face à Valérie qui bombait sa lourde poitrine en s'adossant sur son siège de cuir noir. Il lui demandait pourquoi c'était lui qui devait toujours faire le premier pas pour la baiser ? Pourquoi le méprisait-elle lorsqu'il la désirait sexuellement ?

Pourquoi croyait-elle qu'il la méprisait parce qu'il souhaitait qu'elle le désire ? En prenant une aiguille, elle lui répondait que le sexe ça se fait à deux ; et qu'il devait se poser ces questions à lui-même. En piquant l'abdomen d'un papillon, Valérie lui expliquait qu'elle avait une vision plus lucide que lui du sexe. Il n'avait jamais voulu admettre que si « enculer » était une insulte, cela n'avait rien à voir avec « baiser », mais plutôt avec le fait d'aller à la selle. Elle se leva et alla vers une étagère pour en sortir un micro-film-bleu biologique qu'elle voulait lui montrer. Le Boiteux regardait, avec gène, puis culpabilité, son cul. Il remarqua que le pourtour et la base des fesses avait un bel aspect peau d'orange. Et cela était excitant, donnait envie de toucher, de pétrir, de malaxer cette chair comme une pâte à pain. Puis, le Boiteux se rendit compte qu'il tenait dans une main la statuette qu'un sculpteur avait faite de Valérie, et qu'elle lui avait offerte, au tout début de leur liaison – laquelle avait débutée sur la scène d'un théâtre… vide, ultime mise en scène de soi. Le Boiteux avait dû prendre la statuette, sans s'en rendre compte, en sortant de la chambre à coucher, qui n'était qu'un vaste lit recouvert d'une alaise en cuir rouge. Tout soudain, il s'aperçut que la statuette, sous la pression de sa main, s'était brisée en deux, dans le sens de la hauteur. L'intérieur de chaque morceau était le moule en creux d'une *femme* différente. Les mains fébriles, le Boiteux essayait d'assembler les deux morceaux. Mais en vain. Impossible de les ressouder. Comme s'ils étaient incompatibles. Et même si – par miracle – il y était parvenu, il en serait toujours restée une fêlure. Valérie se retourna vers le mâle, son *dominateur*, qui cachait derrière son dos la statuette brisée. Elle lui racontait qu'elle avait enfin retrouvé ce micro-film-bleu qu'il fallait absolument qu'il voit, pour mieux la voir *elle*. Tout en manipulant le lecteur vidéographique, elle lui expliquait qu'elle s'était filmée en train de *baiser* avec un homme. Le Boiteux fut saisit de stupeur. Un trou dans la poitrine l'empêchait de respirer. Sur l'écran fané de la télévision, incrusté dans la croupe d'une femme sculptée à quatre pattes en verre trempé blanc, on voyait Valérie de dos s'avancer toute nue, et monter à califourchon sur un homme, passif, les cuisses musclées et velues, la queue raide, épaisse, aux veines noires saillantes, tel une femme-serpent mythologique. Valérie empaumait la queue, la branlait avec frénésie, puis l'offrait à sa bouche fellatrice. Les joues creusées lui sculptaient un visage triangulaire ; les yeux noirs froncés, elle regardait par en dessous. La chevelure noire ondoyait. Puis elle se redressa, laissant s'étirer entre sa bouche et le sexe de longues traînées de salive. À califourchon sur l'homme, elle s'empalait, donnant de très violents coups de reins, ce qui faisait valser ses fesses comme de la gelée de viande crue. Les lèvres écarlates de la vulve semblaient aspirer puis recracher le membre iridescent. Ou bien c'était l'inverse : le membre, obstiné, cherchait à s'engouffrer dans la chair cramoisie. Les testicules, trempés de glaire, frappaient les fesses capitonnées qui ondulaient, sous le ressac, comme une mer visqueuse. Toute la croupe semblait aller et venir au long de la verge rutilante telle une barre de Pole Dance autour de laquelle Valérie savait se trémousser, s'entrelacer comme une liane halucigène à croissance très rapide, jusqu'à, rien que par la force des bras, hisser son corps de danseuse perpendiculairement à cette barre d'acier chromé où se reflétait son regard noir. Le Boiteux, halluciné par la chair moelleuse des fesses et leur balancement obsessionnel, s'imaginait que lorsque Valérie et lui copulaient, il devait en être de même : rien de glorieux ; que de la chair en feu. Et on venait tous de ce rien de glorieux, de cette impulsion sexuelle qui en soi était une narration : celle de l'origine s'échappant de l'indéterminé primordial. En regardant ondoyer sans fin cette chair pour la mort, finalement, y avait pas photo : au commencement était le Verbe, palimpseste toujours recommencé de la même ritournelle existentielle de la chair. Alors, pourquoi était-il impossible de parler de sexe avec Valérie sans qu'elle entrât dans une colère, hurlant, pleine de dégoût, qu'il avait bien trop de respect pour elle, car il avait peur de lui faire du *mal* en la baisant. Elle ne connaissait pas un seul mec qui n'aimait pas *ça* : prendre la femme telle une proie. À l'évidence, il n'était qu'une couille molle… Sur l'écran devenu chair, Valérie ne s'arrêtait plus de copuler en donnant de pléthoriques coups de reins. Plus que copuler, elle cherchait le rapport de force. Un « saigneur » qui la cadrât. Elle portait des escarpins rouges à talons aiguille d'acier en forme de crucifix finement ciselés. De la pointe vernie de noir de son majeur, Valérie piquetait la poitrine velue du mâle. Son geste était rythmé sur les convulsions de ses reins flexibles. Le Boiteux percevait ce geste comme intégré à un rituel dont la célérité substituait le corps de Valérie sur les deux crucifix à la fois. Crucifixions toujours recommencées…

Le Boiteux détacha son regard de l'écran, se retourna et vit Valérie sortir de la salle de bains vêtue d'une longue robe de latex noir qui accrochait la lumière et galbait, par effet d'optique, ses seins lourds, son ventre bombé, ses hanches bouffantes, ses cuisses épaisses et son cul bellement sphérique. Elle était chaussée d'escarpins rouges à talons aiguilles très hauts et très fins. Comment pouvait-elle marcher avec de telles entraves ? Son visage ovale était maquillé de blanc. Un blanc de neige. Sa bouche charnue était fardée d'un rouge mat, façon métal. Sa belle chevelure noire était en liberté, avec mèches froissées et crinière déployée. Son corps exhalait un parfum chimique. Dans la salle de bains, Valérie avait vaporisé à même la peau de tout son corps la crème-masque-détox, dans le but de combattre le vieillissement de l'épiderme, en effaçant les cellules mortes et les petites imperfections.

Valérie faisait tourner autour d'une main un slip sans couture, sensation nudité totale, imperceptible au regard, incroyable chair fraîche au toucher, avec coussinet en microfibre pour le confort de la vulve. Comme si de rien n'était, Valérie disait au Boiteux qu'elle voulait aller danser La Duritia à l'Extalis, près de Time Square. Sa large croupe bombait sous le latex tendu qui reflétait l'écran de télévision où elle branlait, avec ardeur, la queue de l'homme. De l'autre main elle malaxait les testicules vidés de tout leur foutre. Et, soudain, une lourde guirlande de sang giclait du sexe contre le visage de Valérie, laquelle, louchant vers le gland, ouvrait la bouche pour l'engloutir. Puis, en regardant par en dessous le *regardant*, elle se mit à ronronner... Fatigué, la tête inclinée vers le sol sale, le Boiteux lui répondait qu'il ne voulait pas aller danser avec elle à l'Extalis. Elle referma le tiroir dans lequel elle avait soigneusement rangé la petite culotte magique, puis s'avança vers le Boiteux. Tout son corps ondulait dans la robe moulante. Sur l'écran, sa langue épaisse léchait les testicules maculés de sang. Le Boiteux se sentait rapetisser à l'infini vers l'intérieur de ses entrailles, comme une bouche en cul de poule qui s'enroulerait sur elle-même jusqu'à l'anus. Il savait qu'il était en train de mourir, de s'enfoncer dans les images mouvantes d'hier. Il luttait. Comme une petite larve, il rampait vers Valérie. Elle lui disait que son merdier à elle valait bien le sien, que lui aussi l'avait utilisée, et que maintenant elle voulait se réapproprier son corps. Elle disait que c'était ni bien ni mal ; c'était comme ça ; une histoire d'équilibre de forces, mais où il y avait toujours un dominant un dominé, voire, pour faire politiquement correct, un acteur et un spectateur.

Valérie et le Boiteux marchaient sur Time Square, dont les enseignes lumineuses ondulaient en silence. Le Boiteux laissait son regard vagabonder au fil de l'asphalte brillant d'électricité qui, au-delà des tours de verre et de béton, se déversait dans les entrailles du monde. Le Boiteux soutenait sa petite bedaine. Des douleurs spasmodiques martelaient ses viscères. Avant de partir, il s'était injecté dans le nombril une dose de lipophobe à base de caféine, ceci afin de désinfiltrer et de raffermir les tissus de son ventre. Les deux silhouettes s'engagèrent vers un immense panneau publicitaire, affichant le corps sans tête d'une jeune femme, les deux mains posées sur des fesses rebondies, lisses, mates, fermes. La cambrure des reins offrait la large croupe au regard. Entre les jambes fuselées on lisait :

UN CORPS FERME FAIT TOUJOURS PLUS JEUNE
CORPS ZÉRO DÉFAUT
PLÉNITUDE DE LA FEMME
POUR TOUJOURS

Valérie et son *dominateur* passèrent sous le panneau. Le Boiteux, claudiquant, releva la tête pour regarder encore le cul géant passer au-dessus de lui. C'était le cul de Valérie, vieux de plusieurs décennies. Ce cul du temps jadis où elle était l'égérie de Corps Zéro Défaut. Et c'était lors d'une petite soirée organisée au siège, qu'entre deux petits fours, deux coupes de champagne et plusieurs kifs fumés dans les Toilettes, que le Boiteux avait parié à Georgia qu'il se sauterait l'égérie le soir même – ce qu'il essaya de faire, sur la scène du petit théâtre déserté, mais c'était compter sans l'alcool et le kif qui le firent bander mou ; et l'égérie se replia étrangement vers son anus, d'abord avec un doigt, puis avec la langue, et elle savait s'y prendre, le temps de desoûler, puis d'atterrir en douceur entre ses cuisses juvéniles et de bander juste de quoi gagner ce putain de pari à la con ! Et les murs du théâtre – pas tout à fait vide, car Georgia s'*envapait* au fond d'un siège, fixant, sans bouger, depuis plusieurs heures, l'alliance qu'un *cave* lui avait glissée au doigt – avaient résonné d'un libérateur : « Tiens ! Prends-toi *ça*, salope ! »

Devant l'entrée de l'Extalis des jeunes filles et de jeunes hommes se déhanchaient de façon frénétique sur un tempo uniforme : poum ! poum ! poum ! tel un cœur battant dans une cuirasse d'acier. Des petits groupes d'individus, voûtés et filiformes, se refilaient des sachets de Trachyte à base de mort aux rats. Des regards vitreux, brillants et dilatés s'épiaient, se sondaient, se cherchaient. Une atmosphère d'animal acculé régnait. Valérie était partie rejoindre d'autres personnes, tandis que le Boiteux cherchait du regard si Georgia n'était pas là en train de fourguer de la came, auquel cas il serait parti avec elle, pour un bon kif et lui rouler des pelles, seul *truc dégeulasse* qu'elle acceptait de faire maintenant qu'elle était *cavée* à un mec (mais elle avait un faible pour le Boiteux, alors il y avait encore de l'espoir, et son cerveau reptilien l'avait encodé). Le Boiteux s'approchait du groupe qu'avait rejoint Valérie. Les femmes portaient toutes la même robe de latex noir que Valérie, et les hommes le même costume de latex noir. Le Boiteux entendait une voix masculine dire à Valérie qu'elle devait s'agenouiller et sucer le sexe de cet homme. Le Boiteux s'approcha du groupe pour essayer de mieux voir. Devant lui, il y avait beaucoup de personnes au visage blanc, lugubre et sévère. Pas la joie de vivre. En fait, le Boiteux ne voyait rien d'autre que ces visages trompe la mort, et il comprit très vite que c'était lui qui était au centre du groupe, et que c'était lui l'homme que Valérie devait sucer, puisqu'elle était à genoux face à son sexe qui se dressait vers ses lèvres charnues, fardées d'un rouge façon métal (il ne pouvait deviner que Valérie se voyait à genoux au pied de la Croix). Surpris de voir ainsi son sexe, le Boiteux, d'un geste rapide, le couvrit d'une Zénana. Mais une main blanche retira l'étoffe, et le Boiteux vit arriver vers son sexe un plateau de bois, avec

32

un trou au centre. De chaque côté du trou étaient gravées les ailes d'un papillon. Sur ses ailes serpentait un réseau complexe de chemins entrelacés, coloriés de noir, de blanc, de rouge et de vert. Autour du papillon labyrinthique, étaient dessinés, avec ronds et bâtonnets blancs, des petits bonshommes au sexe tendu. Des lettres, d'un alphabet inconnu, formaient des inscriptions. Péniblement, le sexe du Boiteux entra dans la partie évidée du papillon, le trou. Le Boiteux ressentit une vive douleur monter dans l'urètre, irradier la vessie et le côté de l'appendicite. Sur sa droite, se dressait un long et large tableau de bois, d'un vert pâle écaillé, avec rangée de trous ovales où des têtes de jeunes filles lui hurlaient de se retirer. Le Boiteux les reconnut. C'étaient d'anciennes amoureuses. Dans un mouvement qu'il ne vit pas, le Boiteux retira son sexe et aussitôt une petite trappe noire ferma le trou, redonnant une surface unie au corps du papillon gravé. Valérie et ses acolytes, qui ondulaient dans leurs habits de latex, semblèrent mécontents, surtout envers les jeunes filles du tableau qui avaient réussi à faire échouer ce qui se tramait. Elles disparurent en riant, et, à la place de leurs figures, apparurent respectivement les initiales de leur prénom :

D E L I V R A N C E

La came avalée, injectée et sniffée faisait effet dans le cerveau du Boiteux. D'entre les poils sombres et soyeux d'un immense papillon, aux ailes arrondies couleur chair, apparaissait Lorette aux seins tendres. Elle arpentait le trottoir en roulant du cul avec nonchalance. Le Boiteux l'avait regardée danser avec Valérie sur la piste de l'Extalis. Elles se regardaient avec des yeux d'amoureuses et avec des sourires pleins de désir sans équivoque. Lorette aux seins tendres était vêtue d'une robe blanche en mousseline de soie créponnée, manches longues et col lavallière dont les deux larges boucles flottaient derrière elle. Elle avait une longue chevelure blonde, très claire, aux nuances cendrées et dorées, mousseuse comme une laine mohair. Son visage sans fard avait un ovale doux et des pommettes saillantes de poupée. Son nez était rond, bien dessiné. Ses yeux clairs et ronds étaient frangés de cils très longs et plumeux. Sa peau, au teint de porcelaine, scintillait d'une lumière intérieure. Son cul frémissait sous le tissu crépon de la robe, dont l'ourlet caressait le galbe écru de ses cuisses qui luisaient comme de la soie. Peu à peu, sur la piste de danse, Lorette devenait une tache de lumière blanche. Le

Boiteux rampait vers cette étoile. Il devait remonter à la surface des images, des corps tordus par l'extase de la danse. Il devait ramper jusqu'à la source de cette musique qui résonnait dans sa tête et dans son appartement où Valérie et Lorette avaient fait siège. Elles ne se quittaient plus. Et tout avait commencé par un bel acte manqué : Revenant de son travail, le Boiteux était entré dans la cuisine où Lorette et Valérie médisaient sur une amie commune : « C'est une vraie casanière. Son mec, lui, il a fait le tour du monde. Elle, elle se cloître chez elle. Elle ne veut pas bouger. 24h/24h devant la télé. "J'peux pas rester plus d'une demi-heure sans télé", dit-elle. » Le Boiteux s'était approché d'elles. Et il avait embrassé sur la bouche Lorette (et avec la langue pointée), puis sur les joues Valérie à la belle chevelure noire. Réalisant ce qu'il venait de faire, le rouge lui avait

36

monté aux joues piquetées de poils noirs. Lorette avait rit aux éclats. La regardant en coin, Valérie avait cru devoir suivre, en lui lâchant néanmoins au passage une claque sur une fesse ponctuée d'un « salope ! » Et cela c'était conclu dans le lit à coucher – c'était toujours ce qu'avait voulu Valérie, même si elle n'en avait pas eu vraiment conscience. Le Boiteux lui offrait sur un plateau de chair ferme la possibilité de libérer ses pulsions homosexuelles. « Le sexe entre femmes est plus sauvage, plus sincère, d'égal à égal. Deux vérités nues que rien n'oppose. » C'était toujours ce que Valérie avait souhaité. Et c'était impressionnant pour le Boiteux de voir deux langues intrépides courir le long de sa queue finement circoncise. Mais impossible de se la jouer, de se la raconter, de chercher à résister : le sperme avait giclé sur leurs beaux minois. Flocons d'écume. Et le Boiteux les avait regardées se faire *jouir* comme aucun homme, aussi proche des dieux fût-il, ne saurait le faire. Regarder leurs corps tordus par une étrange extase, leurs bouches exhaler des voyelles profondes et des consonnes rugueuses, c'était contempler le vivant dans sa vérité nue. Le Boiteux était *À Quia* ! « Et pour s'achever la tronche à coup de hache » comme aimait à le dire Lorette, ils s'enfonçaient des boulettes d'opium dans le rectum. Voyage recta vers les coulisses de l'enfance.

Allongée à côté du Boiteux Valérie respirait calmement. Ses fesses, perlées d'une fine sueur, s'écartaient sur un anus noir nimbé de profonds sillons perlés d'opium. Le Boiteux entendait Lorette se déplaçait dans le couloir. À sa démarche, il devinait qu'elle avait la tête dans le cul. Et il entendait Lorette sortir de son cul, puis son slip en microfibre glisser le long de ses jambes, ses fesses joufflues et fermes sur la cuvette se poser, son puissant jet d'urine chantant contre la paroi, les poils de son con bruisser dans les fibres de la ouate du papier hygiénique. De son côté Lorette entendait la main du Boiteux branler le cul de Valérie. Plus elle entendait le cul claquer contre la main du Boiteux, plus elle savait que le Boiteux remontait dans le présent de son passé. Cela faisait plusieurs semaines que Lorette voyait le Boiteux se transformer en larve, car Valérie avait décidé de quitter sa vie, couleur papillon de nuit. Ainsi, Lorette espérait n'avoir bientôt que pour elle les honneurs du Boiteux. Mais elle avait peur de Valérie qui avait un très fort ascendant sur elle. En sa présence, Lorette se sentait devenir indécise, faible de caractère. En cachette, Lorette déposait des petits mots désespérés dans les poches des pantalons du Boiteux : « Je marchais... Onde callipyge... Pas cadencé... Pull noir moulant... Maille serrée... Sur ma poitrine nue... Voluptueuse et élastique... Sous le pas précipité... Branlent mes seins... Obscènes et impétueux... Métronome qui libère de tes entrailles... Une boule pleine de pulsions de viol... Qui m'explose à la gueule... Que faire en ce sens interdit ?... Et tu empoignes à pleines mains mes fesses molles... Pleines d'amertume et de chairs tourmentées... Je suis ton champ de batailles... » « Quand je partirai *gouiner* avec Valérie, mon cul sera en deuil, car il ne se fera plus jamais délicieusement sculpté (démonté ?) par ton regard obsédé de perfection. Mais, ce qui me rassure, c'est que plus jamais le cul de Valérie ne sera arrosé de ton foutre ! » « Valérie et moi sommes Une... Ta poupée callipyge bicéphale... Transfert de ta situation infantile... Toi face à ta mère bicéphale... Ta mère et sa mère s'autodévorant... » Et Lorette entendait le Boiteux se masturber et enduire, une dernière fois, le cul de Valérie. Aspersions de cristallites iridescentes, avec un sillage d'âcre odeur protéinique. Dans les toilettes, Lorette éclata en sanglots. Le Boiteux empoigna fermement les draps pour s'aider à ramper vers la provenance de ces lamentations féminines. Il remonta vers un soir où Lorette lui exhiba sa plantureuse poitrine, comprimée dans un soutien-gorge balconnet en tulle blanc, baleiné et creusé entre les seins, bonnets moulés et rebrodés de papillons noirs. Des boucles mousseuses de ses cheveux blonds, qu'elle avait détachés dans un mouvement arrière de la tête, glissaient sur la partie supérieure des seins. Elle était fière, car sa poitrine était plus belle, plus épanouie que celle de Valérie, qui dormait sur le tapis occidental noir, repliée en position fœtale, l'anus bourré de boulettes d'opium. Lorette posa son épaule droite sur le chambranle de la porte de la cuisine, se déhancha en croisant les bras. Elle regardait le Boiteux en lui expliquant qu'elle avait un peu mal au ventre, car elle était en nymphose. En effet, le Boiteux remarquait que son ventre était légèrement gonflé. Il aperçu aussi, près du nombril, des traces de piqûres. Tous les jours Lorette s'injectait du Corps Zéro Défaut dans le ventre. Mais aussi dans les fesses, dans les cuisses, dans le cou, les joues… Après un moment de silence, elle s'avança pour dire bonsoir au Boiteux. Et elle se retourna, sans bouger. Un petit papillon de dentelle blanche était brodé au milieu de la ceinture de son cilice-string bien serré. Le Boiteux tendit une main, pinça le papillon et tira. Le string s'ouvrit et se détacha comme une peau qui lui resta dans la main. Lorette se retourna, en fermant la porte derrière elle. Le Boiteux arracha le soutien-gorge, laissant jaillir l'opulente poitrine, elle aussi sur-piquée au Corps Zéro Défaut. Le Boiteux introduisait un, puis deux doigts au travers du pelage miel de la vulve. Délicatement, il écartait les nymphes odorantes. La chair se soumettait avec souplesse aux mouvements des doigts. D'entre les poils s'échappait une glaire épaisse et claire qui s'écoulait doucement au long de son bras. Les doigts remontaient jusqu'au clitoris, astre éclatant. Le Boiteux fut surpris par sa grosseur, sa taille et sa couleur nacre. Il pouvait le pincer entre le pouce et l'index, et le branler. Lorette gémissait d'accents mélodieux, chants éternels du monde. Elle balançait sa tête d'un côté à l'autre. Et sa lourde chevelure fouettait le Boiteux dont le pouce exécutait des mouvements rotatifs très vifs sur le clitoris qu'il écrasait. De la vulve s'échappait, par intermittence, un liquide clair comme de l'eau de roche, qui giclait sur le torse du Boiteux, pour se répandre ensuite en flaque à leurs pieds. Les bras le long du corps, les mains empoignant fermement ses fesses, sans s'arrêter de faire aller et venir sa tête, balayant ainsi de sa chevelure les murs et la lampe de 10 watts piquée au plafond lézardé, Lorette fermait les yeux. Derrière ses paupières closes, elle sentait, peu à peu, le niveau de l'eau de roche de son sexe monter. Et elle devinait Valérie, la tête dans le cul opiacé, se traîner vers la porte de la cuisine, puis, en l'ouvrant, être entraînée par les flots de sa jouissance, torrent déferlant dans tout l'appartement, emportant tout sur son passage et, surtout, tuant sur le coup Valérie après l'avoir propulsée contre un mur. Et Valérie avait senti le choc, comme quand elle sentait venir lui glacer la nuque la lame de la boulette d'opium qu'elle s'était enfoncée avec un doigtier dans le rectum. Ça sent la merde ! La lourde chevelure de Lorette percuta l'ampoule de 10 watts, piquée dans le plafond lézardé, et elle éclata dans une gerbe d'étincelles blanches qui, lentement, fondirent dans le noir d'une chambre à coucher où le Boiteux se réveilla en sursaut d'un rêve où il rampait avec difficulté. Des mains s'agrippaient à ses jambes et essayaient de le tirer en arrière. D'autres, par les bras, essayaient de le tirer en avant. D'autres encore, lui tenaient le visage, l'obligeant à tourner la tête pour regarder l'affiche l'accusant d'être le meurtrier qui enfermait des papillons vivants dans le corps des femmes qu'il avait violées et tuées. Lui ! Un assassin ! Non ! Fuir ! S'enfermer à jamais dans son petit bureau de Corps Zéro Défaut pour y colorier des rues toute la journée, pour ne pas penser, pour ne pas avoir peur, pour qu'il n'arrivât rien, plus rien. Seulement le visage de Georgia et son décolleté *sexy* !

Georgia était sévère et toujours critique, dans le doute. Une seule fois elle lui avait fait un compliment. Le voyant nu, elle avait dit : « Ô tu as de belles jambes ! » Puis, après ce premier (et unique) coït, elle avait recommencé : « Quel *saigneur* ! Pourquoi tant de hargne, de haine… Pourquoi tu te retiens aussi longtemps pour éjaculer ? Tu te dois de te laisser *investir* pour trouver ton *étrangère* avec laquelle tu pourras avoir une dialectique sexuelle de qualité, c'est-à-dire épanouissante, émancipatrice, cette émancipation qui s'ouvre à la *sauvagerie*. » Il en était resté sans voix. Mais ce qui l'angoissait le plus ce n'était pas d'entendre Georgia lui faire des reproches, c'était qu'il venait de tromper un *ami* en couchant avec sa *mi*. Pour couper court à toute question, si jamais un jour il était amené à découvrir la vérité (ce qui était peu probable), il n'aurait qu'à lui dire que Georgia aimait le cul qui vise l'obscénité la plus totale ; qu'en coïtant elle avalait le son du *jouir* ; qu'elle était un animal sensuel ; qu'elle était plus animale qu'humaine ; que ses yeux changeaient de couleur ; que son haleine exhalait tous les parfums de la Terre ; et que son trou borgne était beau comme un soleil noir piqueté sur le ciel de la vérité.

Mais bon, il avait quand même baisé Georgia presque en la présence de son *cave*. Quand le téléphone avait sonné, alors qu'il était tout encore chaud en elle, elle avait dit « Décroche ! » « Non, c'est ton *cave* ! » « Comment tu le sais ? » « Je sais toujours qui m'appelle. C'est comme ça ! J'y peux rien ! » « Alors décroche ! »

Et elle lui enfonçait ses ongles vernis dans les fesses. Alors le Boiteux empauma le combiné de son téléphone futuriste. (Les années 70 avaient rêvé l'an 2000. Mieux : l'an 2000 avait été créé pendant les années 70. Quand on voyait des documents de cette époque révolue, on avait l'impression de voir quelque chose venant du futur : les couleurs ; les vêtements ; les affiches ; les meubles ; la technologie ; les inventions ; les voyages dans l'espace… tout respirait l'utopie, même la sexualité, l'art, la politique et la guerre…)

— Allô…

— Ô petite voix !

— Non, non…

— J'te dérange pauv'môme ?

— Non, non…

— J'ai des milliards de choses à te raconter ! faut que l'on se voie...

— Oui ! D'acc !

— Tu dis jamais non, toi. C'est pas bizarre ?

— Si, si, ça m'arrive... Bon, on se voit ce soir...

Et il raccrocha. Son cœur d'hypochondriaque battait vite. Et il bandait encore très dure, à son grand étonnement... mais parfait pour le ravissement de Georgia. « Prends-moi encore ! » lui disait-elle au creux de l'oreille. L'orgasme clitoridien fut un éclair bleu qui les avait pris en photo-fanée exprimant crûment le *dire véritable*. Et après, encore toute rouge de plaisir, Georgia avait dit : « Tu connais tout de moi, maintenant. Je suis ton fourgeur de *came*, ta collègue de travail et mon *cave* t'a tout raconté de nous, jusqu'à aller te lire les lettres que je lui avais écrites... Ce n'est pas banal tout ça... Il avait dû kifer de la merde pour faire ça... Ou bien, pour lui, toute histoire de cul est un placement à long terme, c'est-à-dire avec un potentiel artistique à exploiter... De toute façon, je le quitterai... C'est une question de légalité ... De survie aussi : il est complètement dingue et monomaniaque. Je me demande si c'est vraiment un homme, même quand j'ai ses couilles au cul ! Ne t'inquiète pas pour ce qu'on vient de faire : lui, il n'arrête pas de se faire des queues tout seul, alors qu'avec moi c'est *nada* ! Nous deux, c'est un secret qui même à travers l'œil des mots obscènes restera indicible... Et puis, on ne recommencera pas, car je ne veux pas que l'on se bouffe, que l'on se fasse du mal, car nous ne sommes pas assez murs pour être d'égal à égal et capable de vivre sur une île déserte... On se fume un kif ? »

Depuis plusieurs mois Georgia portait toujours la même robe bleue (elle en possédait une dizaine qu'elle passait de son corps à la machine à laver), une robe moulante mi-cuisse, bras nus et dont l'encolure raz de cou s'épanouissait vers son beau dos en un décolleté en V, la pointe au centre de la colonne vertébrale dont chaque nœud osseux se dessinait sous la peau blanche piquetée de-ci de-là de minuscules taches de son et de grains de beauté qui étaient à son dos ce que les étoiles sont au ciel. On retrouvera Georgia assassinée. Son sexe et son ventre avaient été bourrés de papillons vivants. Et la police aura classé l'affaire comme étant un règlement de compte entre fourgueurs de *came*.

Accroupi devant la tombe de Georgia, le Boiteux avait glissé dans les entrailles secrètes de la terre noire et humide un polaroïd qu'elle avait fait de lui nu. Il avait écrit au dos ces mots :

Sans toi avec toi

Je m'adapterai à l'extrême vérité

Et j'irai dans les enfers

Chercher ma barbara

Brûlante telle une étoile reine.

Ton beau cul sera la prunelle de mes yeux

Ton beau con mon Jardin d'Eve et d'abîme

Tes beaux seins ma source impétueuse de vie

Ton beau clitoris mon vaisseau Argo.

Valérie à la belle chevelure noire *gouinait* Lorette l'indolente. Lorette aux seins tendres *gouinait* Valérie la sagace. Leurs langues turgides noyaient l'intumescent clitoris, muqueuse du monde en laquelle leurs corps couverts de sueur allaient se diluer. Enfouies dans les vagues odorantes de leurs chevelures, palpitantes, hors d'haleine, syncopes enflammées, elles attendaient l'instant du *jouir*. Et chacune d'elles voyait l'autre dans sa magnificence prendre en bouche jusqu'à la garde le Boiteux. La salive coulait comme de la glycérine au long de la verge finement circoncise. Puis elles suçaient en serrant les dents. Spumescentes, les mâchoires se refermaient pour trancher net le membre. Des salves pourpres giclaient sur leurs visages aux yeux phosphorescents. Puis elles s'enfonçaient dans l'obscurité, le sexe en bouche dégoûtant d'écarlate sur leurs seins à la pointe durcie. C'était pour le Boiteux le prix d'angoisse à payer pour intérioriser la séparation charnelle d'avec Valérie — lors du coït, alors qu'elle geignait en fronçant les sourcils, d'une voix rauque de volupté bestiale, le Boiteux lui disait que sa queue avait été fabriquée pour elle —, et la continuation de la névrose sexuelle, ritournelle socioculturelle entre les cuisses de Lorette, la femme fontaine — à laquelle il ne dirait jamais que sa queue avait été fabriquée pour elle rien que pour elle, se contentant juste de lui claquer à volonté, et à la demande, son cul, insolente chair dont l'écho liquide des claques résonnait comme des coups de revolver tirés dans une forêt où se déroulait une partie de chasse, les mains assassines excitées par l'odeur de la mort et celle des aspersions de sang chaud sur l'humus fuligineux, les mains du Boiteux repliées telles des serres sur les fesses écartées de Lorette, c'était cette odeur de partie de chasse qui refluait de l'œil borgne violacé, tout plissé et velu, pour remonter, sous les coups de butoir précipités, se sublimer en vapeur au sortir de la bouche de Lorette, rictus déformé par le *jouir* qui laissait filer entre les dents serrées la condescendance du " c-est-trop-bon-continue-t-arrêtes-pas… " Et le Boiteux se sentait devenir tout petit face à cette croupe bellement sphérique. Elle était partout à la fois. Même en se retournant, le Boiteux pouvait encore la voir. Il y était comme contenu. Il sentait les fesses se contracter. Tout à la fois contenant et contenu, le Boiteux sentait s'éveiller en lui une folie qu'il croyait avoir perdue avec son enfance…

Dans l'obscurité de la chambre aux remugles de sueur et d'entrecuisse, Lorette regardait son ventre barré d'une voie lactée. Autour de son nombril se formait une galaxie liquide pleine de lumière blanche. Lorette avait senti le sexe du Boiteux l'emporte-plumer au plus profond de son ventre fécond et peinturluré à la sanguine. Elle avait crié en contractant les muscles de son vagin, jusqu'à ce qu'il enserrât le couteau comme une main. Elle savait que si le Boiteux la foutait avec une telle célérité, c'était grâce à sa haine de Valérie. Que sur le balancement impétueux de ses seins, il voyait Valérie nue, qui avait noué autour de son cou gracile une cravate noire. Elle s'amusait de la voir onduler sur sa lourde poitrine qui ballottait avec impétuosité sur les coups de reins du Boiteux. D'excitation le cou avait gonflé. Valérie avait serré le nœud de la cravate au maximum. Les veines saillaient. Elles palpitaient sous la peau. Valérie étouffait. Ses lèvres bleuissaient. Son visage gonflait. Mais le Boiteux continuait de ruait en elle, jusqu'à la garde, jusqu'à engager son pronostic vital, jusqu'à voir les yeux vitreux de Valérie se révulser... puis, peu à peu, jusqu'à voir le sang se figer à jamais dans les veines qui gonflaient sous la peau du cou... Au bord du lit froissé comme une muqueuse rectale, Valérie gisait la tête basculée en arrière. Le Boiteux avait eu sa peau. Petit à petit elle allait se décomposer en milliards de bactéries dont le monde vivant, celui des existants, se nourrirait avec avidité. Un papillon noir s'échappa du sexe en forme de Ô, dont Valérie avait contracté les muscles, jusqu'à ce qu'il enserrât le couteau comme une main ! Le couteau ?

Lorette se réveilla en sursaut, avant d'être peinte au couteau et enduite de papillons vivants ! Elle avait la bouche pâteuse, la langue lourde, les lèvres sèches. Elle les humidifia du bout de la langue regrettant d'avoir trop bu, trop *kifé*, trop clopé, mais pas assez baisé – c'était déprimant de penser que dans une vie biologiquement complexifiée uniquement afin de copuler pour les besoins de l'espèce on n'arrêtait pas de s'agiter en vain comme pour reculer le moment de la copulation. Lorette soupira, souleva le drap blanc taché et se redressa sur le lit qui grinçait. Mais elle avait peut être trouvé celui avec lequel elle n'aurait de cesse de copuler : d'égal à égal au cœur d'une île déserte, en acceptant le risque de vivre. Elle pivota sur le côté du lit et posa ses pieds sur le sol froid. Près d'elle, le Boiteux ouvrait les yeux. La lumière de la chambre d'Hôtel était tamisée par le rideau. Mais il voyait bien le corps nu de Lorette qui lui tournait le dos. Elle respirait très lentement. Il l'entendait bâiller. Elle sentait la sueur et l'entrecuisse. Le Boiteux observait les mouvements de la musculature de son dos, le dessin de la colonne vertébrale, le creux des reins, les fesses grêlées de cellulite enfoncées dans les draps… Lorette redressa la tête et de sa main droite ramena sa longue chevelure mousseuse vers l'avant, découvrant sa nuque gracile et duveteuse. Lorette se leva. Le Boiteux regardait le cul qui se balançait sous le rythme des pas muets. Le Boiteux savait qu'il était encore très loin le moment opportun où il serait capable d'honorer *ad vitam* Lorette aux seins tendres. Maintenant, ce cul qui s'enfonçait dans l'obscurité de la chambre berçait ses yeux pour panser sa frayeur de la mort symbolique de Valérie la sagace.

Panorama sur New York. La skyline était voilée d'hydrocarbures. Sur la vitre de la baie se reflétait Valérie toute nue, renversée en arrière, appuyée sur les mains, jambes écartées, et qui frappait avec obstination son cul sur le tapis occidental noir assorti d'un phallus artificiel visqueux qui la sodomisait. Le fessier ondulait en claquant sur le tapis. Le ventre plissé trémulait. Si Valérie était autant motivée dans cet effort physique, autant disciplinée, aussi concentrée, c'était que le phallus artificiel, ayant atteint une température limite due aux frottements, déposerait au fond du rectum, tel un doigtier, une boulette d'opium. Sans perdre la cadence, elle fixait les tours ferrugineuses qu'elle dominait. D'un coup, en poussant un râle rauque, Valérie se laissa tomber dans un son sourd sur le côté, le nez dans son jus. Son corps couvert de sueur était agité de spasmes. Elle haletait. Le regard dans le vide, en écoutant le phallus artificiel chuinter contre son anus, Valérie reprenait son souffle. Elle aimait, après l'effort, se laisser aller... Un mâle Zéro

Défaut tout en muscles et en forces qui exprimait en elle son trop-plein d'énergie destructrice ! Un éclair bleu sur ses paupières closes la fit sursauter ! Elle se redressa, puis tira à elle son matériel épilatoire. Elle avait enduit ses jambes, son pubis et son entrecuisse de cire couleur chair. La cire était brûlante. Elle aimait cette exquise douleur, car elle était annonciatrice d'une peau juvénile retrouvée. Les jambes écartées, Valérie retirait la cire qui lui arrachait les poils des jambes et du maillot. Se faisant, elle se revoyait assise nue dans le salon en train de s'épiler et annonçant au Boiteux, qui venait d'entrer en claudiquant derrière elle, qu'elle avait pris la décision de sortir de sa petite vie névrotique. Elle le revoyait, dépité, s'accroupir en face d'elle et regarder sa fente rose, l'ourlet de ses grandes lèvres, les crevasses à l'intérieur de ses cuisses, les plis de son ventre. Elle, là, ouverte.

Son indécence juvénile était telle qu'elle le sentait avoir encore du désir pour elle et qu'elle devinait qu'il se demandait encore pourquoi c'était toujours lui qui devait faire le premier pas pour baiser ? Pourquoi le méprisait-elle s'il la désirait sexuellement ? Et pourquoi le méprisait-elle de la désirait ? Sans relever la tête, en continuant de s'épiler le con, elle lui répondait derechef qu'il devait se poser ces questions à lui-même. Laissant derrière elle les morceaux de cire incrusté de poils, d'un pas nonchalant, Valérie allait vers une petite commode. Elle enjamba une chaise renversée, évita des débris de verre. Des traces de lutte étaient visibles de-ci de-là. Elle s'assit face à la commode, au-dessus de laquelle elle avait accroché ses cadres de papillons. Elle souriait en se regardant dans la psyché en forme de O. À l'aide d'un morceau de coton, qu'elle imbiba d'un lait nourrissant

Corps Zéro Défaut, elle retira les traces de la sueur sur son visage, sa poitrine et ses fesses. La crème fondait littéralement sur la peau, apportant moins de rides, plus de fermeté ; défroissant et défripant le décolleté ; graissant et galbant comme un collant le cul ; lissant et satinant le visage... Puis elle s'attaqua au blanchiment de ses petites dents à l'aide d'une roulette multifonctions SculptureDuCorps. Jets d'air comprimé, d'eau et de tartre. Valérie éternua. Elle regardait les marques de strangulation à son cou. Elle se leva, se baissa et ouvrit un tiroir. Elle en sortit des bas noirs. Elle se pencha en avant, posa son pied droit sur la chaise, enfila le bas, et, en le déroulant avec soin, le remonta le long de sa jambe. Elle ajusta la partie auto-collante qui comprima la cuisse. Elle fit de même pour l'autre jambe. Elle prit ensuite une bombe aérosol Soutif-Cosmétique-Universel Corps Zéro

Défaut et en vaporisa ses seins. Les actifs micronisés à pénétration supersonique se déposèrent sur la poitrine en une fine pellicule élastique. Valérie fit pénétrer la substance d'un massage enveloppant et circulaire sur chaque sein. Elle lissa ensuite la peau d'orange de son cul avec une crème qui remodèle, tonifie et raffermit les tissus. Elle soulevait la peau de ses fesses et la faisait rouler sous ses doigts, avec douceur, pour éviter de traumatiser la chair. Elle prit une petite seringue de lipophobe. Elle s'enfonça l'aiguille près du nombril et s'injecta le liquide tonifiant, à base de caféine et de blé. Puis, elle enfila sa longue robe de latex noir qui lui moula tout son corps telle une seconde peau. Elle alla vers une table basse en verre, où se trouvaient pêle-mêle un petit sac en plastique de couleur peau nue ; une boîte pleine de papillons morts ; des bouchons de liège ; des petites seringues usagées et divers papier parmi lesquels Valérie trouva une photographie. Elle la regarda d'un air sérieux. Le polaroïd représentait le Boiteux nu, les belles jambes velues écartées et la verge en érection. La découverte de cette photo dans les affaires de Lorette avait provoqué une violente dispute entre elles. Pourtant, Valérie avait quitté la petite vie névrotique du Boiteux depuis bientôt 10 mois. Et elle s'était installée dans ce nouvel appartement (aux murs tapissés façon muqueuse rectale) qu'elle partageait avec Lorette. Aussi, Valérie était-elle témoin passif de sa vie sexuelle devenue très active. Elle reprochait à Lorette de ne plus être disponible ; que ses histoires de cul étaient des voies sans issues ; et de plus, quand elle se faisait foutre, Lorette criait le nom du Boiteux. Alors, Valérie, jalouse à en crever, avait fouillé toutes les affaires de Lorette, jusqu'à tomber sur cette photographie de son ex le Boiteux nu comme un ver. Lorette, le cœur battant, lui révéla que le Boiteux, avec sa bite bien raide et bien épaisse l'avait faite femme. Et elle avait décidé d'attendre que le Boiteux, peut-être à travers son cul, ou à travers celui d'une autre, devienne un homme. Fermant les yeux pour ne plus voir cette scène, Valérie jura : « Salope ! » Et elle déchira la photo en plusieurs petits morceaux qui papillonnèrent dans l'obscurité, y glissant comme sur une eau noire au long de laquelle marchait le Boiteux.

Dans les rues de New York marchait le Boiteux. Il avait décidé de suivre des femmes en fixant bien leur cul, tel une balise qui le mènerait au bout de l'avenue de la Fin du Monde. L'air vibrionnait des notes profondes et mélodieuses d'un saxophone jouant « Georgia On My

Mind » de Ray Charles. Emporté par la musique, le Boiteux avait suivi une femme, violemment désirable, durant de longues heures, à travers Manhattan, lui demandant si elle voulait lui parler, si elle voulait l'écouter, lui donner son numéro de téléphone pour qu'il lui récite son poème. Et la femme, qui se déhanchait avec nonchalance sans le regarder, laissant osciller ses fesses plantureuses en mettant tout le poids de son corps en chacune d'elles, lui avait demandé de continuer à la suivre ainsi jusqu'au bout du monde, tout en psalmodiant cette idolâtrie sur son cul.

Cette belle croupe

Écrin de chair

Du berceau de l'humanité

Mais comment être et vivre

Cette femme à doubles formes ?

Cette belle croupe

Où tout le foutre du monde

Creuse son lit à coucher

Mais comment vivre et être

Cette femme à doubles formes ?

Cette belle croupe

Qui enveloppe New York

D'une traîne primitive

Mais comment être et vivre

Cette femme à doubles formes ?

Cette belle croupe

Écran où s'affiche ce qui me dévore

Amortisseur de ma folie destructrice

Mais comment vivre et être

Cette femme à doubles formes ?

Cette belle croupe

Qui se balance

Tic- tac tic- tac

Mais comment être et vivre

Cette femme à doubles formes ?

Cette belle croupe

Qui s'en balance

À en perdre la raison

Mais comment vivre et être

Cette femme à doubles formes ?

Cette belle croupe

Cet Infini de courbes

Qui ondulent sans moi

Mais comment être et vivre

Cette femme à doubles formes ?

Cette belle croupe

Coquine pomme lubrique

Et non triste goutte d'huile

Mais comment vivre et être

Cette femme à doubles formes ?

Cette belle croupe

Qui devient très cul

Au fond d'un lit grinçant

Mais comment être et vivre

Cette femme à doubles formes ?

Cette belle croupe

Dont la mode mâle

Cache sa beauté obscène et sauvage

Mais comment vivre et être

Cette femme à doubles formes ?

Cette belle croupe

Pour laquelle la Loi

M'interdit d'en pincer

Mais comment être et vivre

Cette femme à doubles formes ?

Cette belle croupe

Érotique en robe vaporeuse

Pornographiquement galbée en pantalon

Mais comment vivre et être

Cette femme à doubles formes ?

Cette belle croupe

Miroir sans tain fêlé

De mes concupiscences enfilées

Mais comment être et vivre

Cette femme à doubles formes ?

Cette belle croupe

Métronome arpenteur

Des voies de mes phantasmes

Mais comment fait-elle

Cette femme à doubles formes ?

Cette belle croupe

Déjà bourrée et croquée et...

Par d'autres félins arpenteurs

Mais comment fait-elle

Cette femme ?

Cette belle croupe

Qui imprime dans mes reins

L'électrocardiogramme du monde

Mais comment fait-elle

Cette femme ?

Cette belle croupe

Boîte de Pandore

Dévoilant la raideur de ma solitude

Mais comment fait-elle

Cette femme ?

Cette belle croupe

Actrice du sexe de la rue

Que des milliers d'yeux taraudent

Mais comment fait-elle

Cette femme ?

Cette belle croupe

Qui me berce les yeux

Pour panser ma frayeur de la mort

Mais comment fait-elle

Cette femme ?

Cette belle croupe

Rendant caduques

Tous les mensonges publicitaires

Mais comment fait-elle

Cette femme ?

Cette belle croupe

Pleine lune

À conquérir toujours

Mais comment fait-elle

Cette femme ?

Cette belle croupe

Fermeté juvénile

Pleine d'impatiences

Mais comment fait-elle

Cette femme ?

Cette belle croupe

Cimetière infini

De toutes mes pulsions assassinées

Mais comment fait-elle

Cette femme ?

Cette belle croupe

Promesse d'éternité

De là tu viens là tu retourneras

Mais comment fait-elle

Cette femme ?

Cette belle croupe

Qui m'attend

Tombeau de ma chaire

Mais comment fait-elle

Cette femme ?

Cette belle croupe

Qui s'écarte sur l'étoile entrailles

Photo fanée de la fin du monde

Mais comment fait-elle

Cette femme ?

Cette femme à doubles formes,

Elle ondule,

En cercle,

Et moi avec,

À jamais,

Car je suis ce que je vois...

Et la femme blonde cendrée pénétra dans un Yellow Cab année 1977. Travis, le chauffeur, la regardait par le rétroviseur. Cette beauté lui donnait envie de nettoyer la ville de toute sa souillure. Le Yellow Cab traversait Manhattan. De la vapeur s'élevait des rues à l'asphalte luisant comme une peau noire. Après avoir réglé la course, la femme s'engouffra sur le trottoir. Des hommes la sifflaient. L'insultaient. La suivaient… « Hey Baby ! » « Damn Girl ! » « Nice ! » « Sweetie ! » Elle pénétra dans un immeuble dont la porte rouge d'entrée claqua derrière elle. Elle s'arrêta face à une porte où elle sonna. Une jeune fille vint lui ouvrir. Elles se saluèrent et la femme entra dans un couloir étroit. Elle suivit la jeune fille dans l'appartement, jusqu'à une salle où se trouvaient plusieurs personnes, la plupart assis au sol. La femme alla s'asseoir avec eux. Celui qu'elle embrassa était en train de préparer le matos d'un shoot. Pendant que la femme relevait la manche de sa veste blanche, l'homme aspirait avec une petite seringue le contenu d'une petite cuillère qu'il avait préalablement chauffé à la bougie. Un autre, qui fumait un joint, demanda à la femme si cela la dérangeait. Elle répondit que non. De ses doigts elle cherchait à son bras garrotté une bonne veine. Et la petite aiguille s'enfonça. Le sang reflua dans la seringue, puis elle propulsa le tout dans la veine. Adossée au mur vert décrépi, elle regardait un homme qui fixait, sans bouger, une bougie allumée. D'autres personnes semblaient avoir la bougeotte. Elle entendait un couple copuler dans la pièce d'à côté. Elle avait maintenant peur. Elle avait l'impression, en regardant ces personnages atones auprès d'elle, d'être dans un asile de fous. L'autre fixait toujours la bougie. Il resterait ainsi un très long moment, avant de s'effondrer en larmes, en proie à une crise de panique qu'il ne pourrait plus contenir. Elle savait aussi qu'elle ne verrait pas Georgia venir se fournir, puisqu'elle était morte. La femme se faufilait dans le couloir étroit, jusqu'à la chambre où un homme et une femme copulaient. Elle avait sorti de son sac un appareil photographique. Elle s'approchait du lit. Elle fixait le couple, telle une proie. Elle était fascinée par tout ce qui était décalé, obscène. Par tout ce qui était retiré des feux de la rampe, donc un peu monstrueux. Et sur le lit, cette bête à deux dos, aux reins flexibles, était un monstre dont il lui fallait saisir l'essence avec son appareil. Pour soulager cette irrépressible tension, elle morcelait le couple en monstration en une multitude de cadrages. L'excitation la mettait en fusion avec son appareil. Plus rien n'existait autour d'elle, que ce *monstre* qui trempait dans son jus, et qu'elle découpait en de tout petits morceaux d'images. Et les respirations précipitées n'en formaient qu'une seule : celle d'une *bête* haletante dont les muscles ondulaient sous la peau couverte de sueur. Tout le corps de la *bête* était comme une houle sauvage. C'était une *bête* totalement clitoridienne. Puis, petit à petit, la peau craquetant, le *monstre* se divisa en deux êtres différents. La femelle, en sueur, le regard lucide et brutal, descendit du lit pour vite aller se faufiler dans le couloir étroit. La femme cadrait le mâle, les jambes musclées et velues écartées, le sexe dressé, telle une pierre barbare. Bien que sans tête, le mâle voyait la femme caché derrière son appareil. Un masque ? Une main glacée glissait sur son poitrail velu et poissé. Cette main cherchait à lui froisser tout l'intérieur de son corps. Sa gorge lui brûlait. Il avait très soif. Retrouvant peu à peu sa conscience en voyant son corps se refléter sur la lentille de l'objectif, le Boiteux sentait toutes ses dents tomber très lentement et se briser en une myriade d'éclats blancs sur le sol noir. En se retournant, le Boiteux se retrouva face à sa tête coupée. Les yeux, injectés de sang, étaient sortis des orbites. Les veines et les artères, qui sortaient des lambeaux du cou, palpitaient doucement. D'entre ce fouillis gluant de vaisseaux et de nerfs, sortait, de la moelle épinière, une araignée aux pattes fines et plumeuses qui alla se dissimuler dans l'obscurité. De l'artère carotide et des veines jugulaires internes et externes, le sang s'arrêta de couler dans le fleuve noir, où nageait Georgia.

Le Boiteux ouvrit les yeux... Il était dans son appartement, sur son lit. Le noir le plus noir l'enveloppait comme une peau. Dans le couloir sombre, il sentait deux silhouettes se déplacer. Le Boiteux avait l'impression que l'appartement était en train de se vider… Dans l'appartement d'au-dessus il entendait une femme pleurer… Puis le silence… Le couloir obscure était vide… L'appartement était vide… Le Boiteux se demandait s'il n'était pas à nouveau seul… Et dans l'appartement d'au-dessus il entendait la même femme crier « plus fort ! »… Était-il dans le passé ? Le présent ? Le futur ? Peut-être était-il mort ? Derechef le Boiteux ouvrait les yeux. Il était allongé, nu, sur un lit d'hôpital. En face de lui une infirmière le prenait en photo : les jambes musclées et velues écartées et le sexe en érection, telle une pierre barbare. L'infirmière lui disait qu'elle devait prendre soin de lui afin de lui laisser un bon souvenir, s'il devait revenir un jour… Le Boiteux débandait… Il se sentait oppressé… Il avait peur… Son sexe se ratatinait… Tout petit… Toutes petites ses couilles... Et son cœur cognait dans sa cage d'os... Il murmura qu'il avait peur de mourir. Surprise, l'infirmière blonde cendrée lui expliqua qu'il devait mourir. Que cela était nécessaire. « Toujours recommencer... » chantait l'infirmière dont l'image se brouillait. Le Boiteux ne sentait plus ses jambes, ni ses bras. Il était sans force. L'image vaporeuse de l'infirmière se dissolvait dans le noir où le Boiteux se sentait sombrer. Mais en même temps il avait la sensation d'être porté. Une chute au ralenti ? Quelque chose de visqueux lui chatouillait les lèvres. Il ouvrit alors la bouche et se rendit compte qu'il respirait de l'eau noire. Il sentait venir glisser sur son corps des ondes de mouvements visqueux. Des mouvements violents, comme une sorte de combat sanguinaire entre deux êtres... deux êtres humains ? Mais le Boiteux ne distinguait rien. Ce combat était invisible pour ses yeux d'humain. Alors il ferma derechef les yeux, et continua de s'enfoncer dans l'eau noire... Près de lui nageaient des morts. Il y reconnu Georgia. Il était content de la savoir de nouveau auprès de lui. Elle lui demandait d'ouvrir les yeux, juste une fois...

Le Boiteux ouvrait les yeux. Il était allongé, nu, sur un lit d'hôpital. Sur la table de chevet en acier chromé, il y avait une bouteille d'eau de source, Léthé, et dont le dessin de l'étiquette représentait un papillon vert. Près du verre était posé un livre, à la couverture verte. Le Boiteux se redressa. Il massait sa nuque douloureuse. Sa bouche était sèche et sa langue chargée. Il regrettait d'avoir kifé avec cette femme blonde qu'il avait suivie dans la rue. Mais il ne savait plus s'il avait couché avec elle. C'était loin tout ça. Il se versa à boire. Il bu abondamment. Il avait l'impression d'avoir dormi longtemps. La porte vitrée de la chambre s'ouvrit, et l'infirmière blonde cendrée entra. Elle déposa sur le lit des vêtements verts. Son corps élancé vêtu de blanc se découpait sur les murs noirs. Elle demanda au Boiteux si tout allait bien. S'il avait apprécié la lecture du livre à la couverture verte. Elle lui racontait qu'après l'avoir lu elle avait beaucoup pleuré. Sentiment d'avoir raté sa vie de femme. Mais la société n'était pas faîte pour vivre sa vie de femme et encore moins sa vie d'homme. D'où le mal entendu des maux qu'elle soignait ici. Et tout en lui parlant, l'infirmière lavait le Boiteux de la tête aux pieds, avec l'eau de source de la bouteille. Après l'avoir séché en lui soufflant sur tout le corps son haleine douce, elle lui manucura les mains et les pieds avec de petits ustensiles appropriés. Ensuite, elle le coiffa à l'aide d'une brosse soyeuse. Enfin, elle l'habilla de son habit vert. Fière, elle le regardait de la tête aux pieds, l'obligeant à tourner sur lui même. Elle s'approcha et lui murmura à l'oreille (son haleine était brûlante) qu'elle ferait l'*amour* pour continuer d'avancer. Pour continuer de faire évoluer sa vie dans le vivant. Qu'elle ferait l'*amour* jusque dans la mort, car l'acte d'*amour* crée et recrée le monde à chaque fois. Sinon, c'est la mort absolue. Elle lui demanda si le fait d'être en train de mourir lui faisait toujours aussi peur. Puis elle retira les draps du lit et expliqua au Boiteux qu'il devait passer aux formalités administratives avant de quitter l'hôpital Conatus. Encore ! En riant, elle ouvrit la porte vitrée et sortit de la chambre. Le Boiteux la suivait. Elle balança le linge sale dans un grand bac. Sur un chariot se trouvait des boîtes de métal, grillagées sur une face et pleines de papillons vivants. L'infirmière arpentait d'un pas cadencé le couloir, et bifurqua sur sa gauche dans une salle de dissection. Le Boiteux s'arrêta sur le seuil de la porte. Une femme nue était étendue sur une large table d'autopsie. Une petite rigole sombre en faisait le tour et se perdait dans un siphon. Le corps de la femme était sans brillance. À travers la peau livide transparaissait un lacis noirâtre de vaisseaux sanguins. Les tissus avaient épousé la forme des os et des dépressions. Seule la chevelure prenait la lumière. Une étiquette verte pendait du pied gauche. Bien qu'elle fût morte, le Boiteux avait l'impression de la voir respirer. Mais ses seins, comme son ventre boursouflé, étaient durs et froids comme de la pierre. Une cicatrice noire partait du haut du pubis jusqu'au plexus solaire. L'infirmière, après avoir rempli une fiche blanche, alla vers la femme. Avec délicatesse, elle lui écarta ses longues jambes décharnées et noueuses. Du sexe en Ô sortait une sorte de mèche de cheveux d'un beau noir d'encre, torsadée et attachée à l'extrémité d'un manche en bois posé sur la table. L'infirmière invitait le Boiteux à prendre le manche. Le Boiteux s'avançait pour aller prendre ce manche. Sans que le Boiteux ne fît un geste de la main, la mèche de cheveux entra très lentement dans le sexe, jusqu'à la base du manche. Sans que le Boiteux ne fît un mouvement, la mèche ressortit. Ainsi, la main du Boiteux était comme guidée par le mouvement de va-et-vient de la mèche de cheveux à l'intérieur du sexe de la femme morte… Il aurait aimé voir son visage, car cette odeur d'entrecuisse lui rappelait Valérie à la belle chevelure noire… Le Boiteux marchait dans le couloir en suivant l'infirmière. Son regard s'accrochait à sa croupe – cet écrin de chair du berceau de l'humanité – dont il voyait les formes fermes et rondes frémir sous l'étoffe blanche de la blouse. Elle poussa une porte de verre qui se referma sur elle en couinant. Dessus, un sigle représentait une main blanche barrée du mot EXIT. Alors le Boiteux poussa… et il ne quitta pas ce *logo* marqué au fer rouge sur les fesses de la fille qu'il suivait au travers de Manhattan. Son jean moulant était comme peint à même la peau. Ses talons hauts claquaient avec la régularité obsédante d'un métronome. L'ombre de la fille glissait sur le macadam mouillé. L'ombre d'un doute ? On pouvait le penser en regardant les pornopublicités jaillirent de tous les côtés : « SEXY AMERICAN EAGLE » Le Boiteux se fit doubler par un homme qui tenait devant lui un téléphone cellulaire afin de capturer, en haute résolution, le cul de la fille. Celle-ci dut sentir la captation éclair, car elle se retourna sur le

Boiteux au moment où l'homme la dépassait. Le regard de la fille figea sur place le Boiteux. Elle avait un regard lucide et brutal qui lui rappelait une fille trempée de sueur, le visage froissé par un orgasme mutique, et ses grands yeux globuleux qui changeaient de couleur lui donnaient ce même regard lucide et brutal qui n'était pas celui d'une femme qui s'aliène dans l'*Autre*. « Sûrement une *femme* rêvée ! » déclarait le Boiteux qui marchait maintenant aux côtés de la fille. « Sûrement une fulgurance venant du futur ! » lui répondait la fille. Et en la regardant s'asseoir sur un banc, le Boiteux se disait qu'elle avait une allure futuriste.

Assis sur le banc, ils regardaient le Pont de Brooklyn se détacher sur la brume. Des sirènes hululaient. La fille racontait que ce bruit de fond incessant étouffait les cris des autochtones indigènes génocidés afin de bâtir ce monde civilisé rien que pour les hommes, monde où ils pouvaient y perpétuer leur besoin de conquête, de domination et de destruction sur le corps des femmes. L'invention de la *vie sexuelle* n'avait pas d'autre but : faire de la femme une proie. Et celle-ci, éduquée en conséquence, s'y soumettait. Cette soumission était intériorisée – *inside in a mind*. Ça passait par l'école, la mode vestimentaire, la cosmétique, la manière de marcher, la manière de se laisser séduire, la manière de baiser. Un simulacre de *vie sexuelle* créée par et pour l'homme qui était devenu par la force de ses muscles rien d'autre qu'un grand masturbateur-éjaculateur sacralisant la pénétration vaginale et anale – gestes qui avaient à voir avec le meurtre. La *vie sexuelle* était une invention, une fiction masculine qui arrachait les femmes à la nature sauvage, cette sauvagerie perdue à jamais et qui faisait qu'il n'y avait plus entre les existants de *rapports* sexuels, mais seulement un *rapport* de dominant à dominé : le Verbe. Et pour les femmes l'éjaculation s'y confondait : elle criait ce phallus qui la faisait exister sur la scène. *Vie sexuelle* = came = avoir sa dose quotidienne, c'est-à-dire quéquette du soir et/ou du matin. Et la psychopathologie de la vie quotidienne – L'Absurdité – n'était acceptée que par rapport à la came qu'était la *vie sexuelle*. Rien d'autre n'avait d'importance. Et l'argent servait à se payer une *vie sexuelle* en bonne et due forme. Entre chaque coup tiré chacun pouvait passer des heures sur le trépalium, puisque la finalité de toute cette narration convergeait vers le sexe de *la femme*. Sa came à elle, c'était sa dépendance à l'éjaculation comme preuve d'un plaisir réciproque – alors qu'il n'était qu'équivoque masculine et hystérie féminine. Il faudrait beaucoup de chaos en soi pour que tous les existants meurent à ce besoin névrotique de narration masculine, afin de renaître Vérité Nue, où la mort la vie copulent d'égal à égal au bord du gouffre de l'indéterminé. Le monde n'est ni masculin, ni féminin ; ni fémininmasculin, ni masculinféminin ; ni la loi du plus fort ; ni la loi du plus faible. Le monde est tout simplement femelle, c'est-à-dire une énergie d'esprits animaux. Et son mouvement est *la* jouissance, genre féminin… Un autre monde est possible : il est entre les cuisses de toutes les femmes : le risque de vivre. La non-société est la fin. Et la *féminité* n'est qu'un genre masque-cul-l'Un : la jupe, la robe, le string, les talons aiguilles, les soutiens-gorge sont les accessoires de la femme monstre de l'homme, son jouet sexuel, son singe savant. Être *féminine* au lit, on l'a vu, c'est se soumettre au Verbe, c'est-à-dire ne *jouir* que par rapport et dans le Verbe : « Ah ! Fuck ! I love it! » On ne née pas *femme*, on le devient pour survivre dans un monde créé par les hommes et pour les hommes. Le *féminin* est un genre intériorisé. C'est une construction psychique. Une narration dirigée par l'homme. Une projection du phallus sur l'existant femelle. Hors du phallique, l'existant femelle dépasserait notre entendement. Cet être n'existe pas, n'existe plus, n'a peut-être même jamais existé. Que serait un tel être disposant librement de sa volonté ? Totalement émancipé de l'esclavage ? On ne le saura jamais. Mais par contre, nous savons que cet existant femelle, dans son essence pure, ne ressemble pas à une *femme*. Le malentendu au sein du couple homme/femme n'est que le reflet de ce *hiatus*. La guerre des sexes n'est qu'une guerre de maîtres et d'esclaves. Le couple en est l'épiclèse. Le lit à coucher en est la scène biologique. Le « faire l'*amour* » en est la narration virile et vaine. Et l'orgasme *féminin* sa ritournelle hystérique. Seul hapax : le clitoris. Voie d'accès sauvage à la nature de l'existant femelle – mais il te faudra traverser les strates d'un mille-feuille socioculturel pour l'atteindre dans son essence pure, laquelle est une Jungle.

Bien qu'il n'y avait plus de fille à l'allure futuriste assise auprès de lui, le Boiteux continuait de l'entendre. Il l'écoutait en regardant la brume se déplacer lentement, enveloppant toutes les choses d'un rideau gris perle qui cachait le Soleil de La Vérité. Tel ce Kitch idéologique dans lequel il allait se mettre sous cloche en pénétrant dans l'Extalis pour voir Valérie danser la Duritia autour d'une barre d'acier chromé. De la voir ainsi la hanche onduleuse le ferait bander, car sur la scène elle était à tout le monde, tandis que dans le lit à coucher elle n'était à personne, juste un appât sexuel bricolé par l'espèce, piège à foutre dans lequel l'homme tombait toujours à pic – l'ayant voulu ainsi…

À l'entrée de l'Extalis, une serveuse masquée distribuait un carton bristol à prendre et à lire obligatoirement : « C'est la procédure ! » avait-elle dit en tendant le sésame.

Alors le Boiteux lisait :

ATTENTION !

LE SPECTACLE QUE VOUS ALLEZ VOIR PEUT HEURTER VOTRE SENSIBILITÉ.

LA DIRECTION DÉCLINE TOUTE RESPONSABILITÉ CONCERNANT LES RÉACTIONS PHYSIQUES ET ÉMOTIONNELLES DES SPECTATEURS.

Le Boiteux s'enfonçait dans la masse des danseurs. Il avait l'impression que cela faisait une éternité qu'il n'avait pas vu autant de personnes à la fois, et autant de femmes... Il révisa son jugement : il y avait plus de jeunes filles que de femmes... Il resta un long moment à déambuler dans un décorum au design néobrutaliste parmi des corps qui se déhanchaient sous le rythme uniforme d'une musique froide et propre. Il avait une vision kaléidoscopique de tous ces corps de jeunes filles : des seins ballottaient, comme de la chair élastique ; les croupes frémissaient, comme de la gomme ; les jambes nues ou galbées dans des bas résille se croisaient et se décroisaient, comme des pattes d'insectes. Sur son passage, des filles à la pupille dilatée lui tiraient une grosse langue chargée et ornée d'un piercing ; d'autres, d'une main lourde, claquaient les fesses tendues d'une fille qui ouvrait une bouche chevaline pour y recevoir sur la langue une dosette de Trachyte. Et l'alcool coulait à flot. C'était étonnant de voir toute cette jeunesse s'y abîmer sans état d'âme. Le Boiteux s'adossa un instant à une grille derrière laquelle une fille ondulait des hanches. Une culotte emboîtante d'un rouge métallisé lui carrossait des fesses de stéatopyge. Le Boiteux avait jeté son dévolu sur une autre fille torse nu, dont il aurait bien voulu caresser la jupe de cuir noir qui lui sculptait une silhouette turgide. Sa chevelure lumineuse était d'un blond froid, lissée en arrière en une longue queue et nouée au sommet du crâne avec un large anneau de bois. Ses lèvres en lame de couteau étaient saturées de pourpre. Ses ongles étaient vernis de noir. Et ses paupières papillon clignaient comme ceux d'une poupée que l'on berce. Son bras droit était couvert de tatouages : entrelacs de tiges feuillues parsemées de minuscules papillons. Elle avait de longues et fines mains que le Boiteux enviait lorsqu'elles lissaient les hanches, puis les fesses musclées. Et il avait honte de penser qu'en regardant cette jupe de cuir noir il avait envie de s'y glisser, afin de ressentir en lui ce corps de fille. « Ça délire sexe ici, n'est-ce pas ? » lui criait la fille derrière la grille à laquelle elle s'accrochait. Le Boiteux se retourna. La fille glissa une main à travers la grille, direction l'entrecuisse du Boiteux. « Quelles couilles ! On devrait pouvoir jouer aux castagnettes avec ça ! J'suis virtuose en la matière ! Je sais les faire claquer comme personne ! » s'exclamait-elle. Le Boiteux lui prit le poignet pour remonter la main sur son sexe en lui disant que c'était mieux ainsi. La fille le fixait en redescendant sa main vers les couilles, lui répondant, qu'en fait, c'était bien mieux comme *ça*. Puis elle plaqua son torse contre la grille, y écrasant sa poitrine qui se boursoufla en petits losanges de chair. L'haleine de la fille avait une odeur acide de composants électroniques. Et sa peau était toute lisse, comme du latex, comme le corps de ces petites poupées Hardies avec lesquelles les petites filles s'initiaient à la nouvelle économie du corps et exorcisaient leurs pulsions destructrices. Lâchant tout soudain les couilles, elle demanda au Boiteux de lui tirer la langue pour qu'elle y déposât quelques gouttes de Trachyte à l'aide d'une pipette. Quatre gouttes, c'était plus que nécessaire pour se rapprocher de l'essentiel où tout s'accélérait dans la tête, où tout le corps allait se noyer dans cette masse de chair en sueur, aux relents alcoolisés...

Le Boiteux reprit connaissance avachi auprès d'une cuvette de chiottes. Il ne se souvenait que d'une fille torse nue, pommettes en feu, les grosses fesses moulées dans un short rouge métal et qui dansait dans une cage. Elle avait un corps qui se tordait et se contorsionnait comme celui d'une poupée de vinyle. Il avait ramassé une fleur rouge qui pétait et en passant ses mains à travers les barreaux de la cage, il lui avait plantée dans le cul : sodomie pyromane. Puis, plus rien. Il se redressa pour sortir de la cabine et se rafraîchir au lavabo. La porte écaillée des Toilettes s'entr'ouvrit et deux têtes de jeunes filles apparurent. Elles le fixèrent un instant, le jaugeant de la tête aux pieds, et, après s'être consultées d'un regard complice, elles s'éclipsèrent, refermant la porte écaillée, ce qui étouffa leurs rires puériles. Le Boiteux les retrouva dans l'étroit corridor en train de s'embrasser à pleine bouche. Le voyant, elles lui disaient que Tori Topic, cette *étrangère* qui rêvait de pondre une thèse sur la trivialité, était ici, en train de se *faire sauter* à même le sol. Il bifurqua vers un recoin sombre, si sordide qu'il se demandait s'il était toujours à l'Extalis. La musique grondait si fort qu'elle étouffait le brouhaha de la salle et les cris d'une *étrangère* se faisant violemment défoncée en position levrette sur un matelas maculé jeté au sol, tels ceux des sans-abris dans la rue. Parmi les vêtements étalés près du matelas, le Boiteux remarquait une robe de vinyle blanc et un costume vert, le même que le sien. L'*étrangère* avait de longues jambes musclées, bien écartées pour cambrer ses belles hanches remontées des époques diluviennes. Et elle avait d'étranges nymphes purpurines qui ornaient comme des pétales le membre qui emmanchait jusqu'à la garde la proie sexuelle. L'indécence et la crudité de la pose *genupectorale* créait une asymptote par rapport à l'intelligence et la subtilité des courbes voluptueuses du corps de Tori Topic tout en tension charnelle, comme sortant d'une chrysalide iridescente. Hystérisée par les regards, les flashes, les objectifs et son téléphone cellulaire en mode selfish, l'*étrangère* balançait constamment en arrière, d'un brutal coup de tête, sa chevelure couleur hématite (*pierre de sang*, mot à mot en grec ancien). Elle avait un beau visage satiné d'un magnifique éclat cru, privé de fard. Le mouvement rapide de la chevelure renvoyait vers les regardants un air chargé d'une forte saveur de marée turquoise. L'*étrangère* avait un corps ferme, huilé de sueur irisée de reflets verdâtres. Au-dessus d'elle et du mâle brillait le panneau vert de signalisation EXIT. Le mâle fixait l'anus qui dardait de tous côtés des rayons de cette lumière tel l'œil de l'Ordre. Le mâle paraissait être l'archer d'une tête de bélier qui s'obstinait dans un flux et reflux constant sur la porte du Temple des siècles. Peut-être pour maintenir cette ardeur qui ardait en elle, tout en giflant, d'une main leste, tantôt ses petits seins, tantôt l'une de ses fesses, l'*étrangère* ne cessait de crier des routines qui exprimaient toute la compulsion de répétition en laquelle elle s'était enfermée. « Hit me! Meat man! Heat me! Damned! Yeah! Fuck it! Hit me! O my god! Fuck me good! My fucking pussy! Yeah

Fuck! Damned! Yeah! » Des litanies en boucle, comme cette boucle turquoise qui ne cessait de tourner, tourner, tourner sur elle-même au centre d'un écran informatique en cours de validation de stratégie, au-dessus d'un comptoir où le Boiteux était accoudé, un verre à la main, face à une Serveuse Topless.

La Topless : Vous savez, faut pas se faire d'illusions... Y a pas plus réactionnaire que cette Tori Topic. Mêmes positions ; mêmes rituels ; mêmes gros mots ; toujours une douche entre chaque type... Et si l'un d'eux sort du rôle, elle fait une crise... Une vraie petite vieille... Allez... Vous en faîtes une tête... Faut pas culpabiliser d'avoir pris plaisir à mater cette pouffe. C'est son boulot...

Le Boiteux : Loin de moi un tel sentiment... Mais cette *pouffe* a plutôt l'allure d'une *barbara*...

La Topless : Tori Topic, c'est une gladiatrice du sexe, j'vous dis. Sans le savoir, elle en dit plus long sur notre société que n'importe quel discours politique. Mais cette fille pornographique, c'est déjà préhistorique. Tout se dématérialise : même le sexe. Ainsi, plus de culpabilité et plus de limite à contempler votre propre destin de violeur sur l'écran sacrificiel de la pornographie !

Le Boiteux : Peut-être que le sexe virtuel mettra fin à l'exploitation sexuelle des femmes pour notre catharsis...

La Topless : C'est peut-être *ça* qui vous excite. Cette pouffe, en train de se faire défoncée, ce n'est pas une image ravalée de la femme, mais une mise à mort cathartique... Il y a une mainmise mâle sur la sexualité : le plus grand hold-up de tous les temps. Il nous faut saillir le mâle pour retrouver notre singularité et notre autonomie clitoridienne afin d'assouvir notre incompressible soif orgasmique... Mais chut ! Je vous en ai déjà trop dit. J'vais pas vous dévoiler toute la suite, sinon j'vais me faire taper sur les doigts par la Direction. Et puis, y a Mademoiselle Valérie qui va bientôt monter sur scène...

Le Boiteux était assis à une table, qu'il avait choisie de façon à pourvoir bien voir la scène. Au centre de celle-ci se dressait une barre d'acier chromé. Lentement, la lumière baissa dans la salle. Valérie à la belle chevelure noire fit son entrée sur scène, vêtue d'un justaucorps en latex blanc. Elle tenait entre ses lèvres une feuille de papier blanche carrée. Des sons de percussions montèrent. La sonorité était froide. Le tempo était rapide, mais Valérie ondulait très lentement. Tout soudain, le rythme s'accéléra, et son corps se déhancha violemment. D'une main, Valérie se frappait le ventre. En tournant sur elle-même, elle se frappait le sein droit de la main gauche ; le sein gauche de la main droite. Puis elle se jeta sur le sol. En reptation, son corps de latex luisait sous la puissante lumière. Rebondissant avec souplesse, elle s'enroula à la barre d'acier comme un crotale. Par la force des bras, elle souleva son corps perpendiculairement à la barre, et elle resta ainsi, immobile, puisant toute sa force dans les applaudissements et les cris du public. Continuant de défier les lois de la physique, elle se hissa en cette position jusqu'en haut de la barre. Immobile, il n'y avait que l'extrémité de ses pieds qui tremblaient. Puis elle lâcha la barre d'une main, et par un jeu de bascule le corps remonta et s'immobilisa la tête en bas. Valérie écartait lentement les jambes pour exécuter un grand écart. Et, en se renversant tête en haut, comme si elle lâchait tout, elle glissa, en vrillant autour de la barre, jusqu'au sol où son corps claqua avec un son sourd. Derechef elle se mit en reptation, ondulant comme un ver. Le Boiteux l'observait en se demandant comment elle pouvait fournir de tels efforts physiques en ayant toujours cette feuille de papier dans la bouche. Valérie s'enroula sur elle-même pour se mettre à quatre pattes, la large croupe tournée vers le public. Elle empauma la barre d'acier en donnant des coups de reins flexibles (et explicites) de manière à faire onduler ses grosses fesses sur lesquelles des faisceaux lasers projetaient des slogans :

FORCE ÉLASTIQUE DE LA PEAU

FERMETÉ DU CORPS

CORPS ZÉRO DÉFAUT

LE FÉMININ PARFAIT

SAUVER SON AVENIR

C'EST SAUVER SA PEAU

CORPS ZÉRO DÉFAUT

L'ÉTERNEL FÉMININ

CORPS ZÉRO DÉFAUT

UNE ATTITUDE DE BON SENS

POUR SÉDUIRE TOUTES LES FEMMES QUI SONT

EN VOUS

Toujours empaumée à la barre, Valérie se redressa, et en donnant de voluptueux coups de hanches elle se frappait, contre la barre, le ventre, les seins, l'entrejambe, ponctuant ainsi à chaque fois les cris mâles jaillissant des haut-parleurs : « Hard Sex ! » « Hot Sex! » « Rock Sex! » « Bud Sex! » « Up And Down! » « GO ! » Derechef enroulée comme un crotale, Valérie se hissa en haut de la barre en tournoyant, puis elle se laissa tomber comme une masse, atterrissant sur le sol les jambes écartées, rebonds successifs du corps comme ceux d'une poupée de caoutchouc en train de copuler sur un ressort invisible, et roulade en arrière avec jeux de ciseaux des jambes, et violents va-et-vient d'avant en arrière de la tête, la belle chevelure noire fouettant le sol... La démarche féline, Valérie ondulait son corps de la tête aux pieds, tandis qu'autour d'elle jaillissaient du sol des barres d'acier rutilant. S'accrochant à l'une d'elles, elle se mit à tourner tout autour, les pieds décollant du sol, et à mesure de la rotation, elle se hissait au plus haut, et pendue d'une main elle tournait comme une toupie, une folle toupie qui vrillait sur elle-même, et en basculant le corps en avant elle plaqua en grand écart ses deux jambes le long de la barre, et le visage bien redressé elle se laissait tourner, tourner, tourner autour de la barre… et elle descendit lentement la jambe le long de l'autre, puis elle glissa une main derrière son dos, et la barre dans le sillon fessier elle continua de tourner, tout en exécutant différentes figures acrobatiques, du grand écart, la tête à l'envers, jusqu'à tenir en mouvement avec seulement une jambe nouée à la barre… Puis Valérie se projeta vers une autre barre : laissant son corps tourner par la force centrifuge, les mains derrière le dos, la tête basculée en avant, elle avait le profil d'une femme attachée à un bûcher. Ensuite, elle remonta une main, descendit l'autre, quitta doucement des pieds la barre, et en remontant son corps à l'horizontal, les bras écartés, elle figurait une belle crucifiée. Elle releva ses jambes au-dessus d'elle et les noua autour de la barre en lâchant celle-ci des mains pour aller s'agripper à une autre barre, et ainsi se balançant de barre en barre, tournicotant en diverses positions, jusqu'à se retrouver au centre de la scène, essoufflée, épuisée, mais radieuse... À l'unisson, la salle s'écriait : « Ô my fucking god ! » La Pole Danseuse baissait la tête sous les flashs, telle la fellatrice Corps Zéro Défaut courbant l'échine, une épée de Damoclès en travers de la gorge profonde, les yeux charbonneux froncés comme ceux du taureau encaissant les coups de pic du Picador, le sang lui giclant sur la gueule... Sous les applaudissements frénétiques, le public formait une allée à travers laquelle s'avançait la glorieuse Valérie. La hanche onduleuse, la poitrine arrogante en avant, les bras le long du corps, elle marchait droit vers la table du Boiteux. Des fans lui tendaient des affichettes numériques, sur lesquelles scintillaient pour elle des mots-trophées : « 21 Sextury ! » « Prosti-tuée ! » « Porc-née-tuée ! » Des hommes lui tendirent une fille sacrifiée pour elle, qu'ils tenaient par les poignets et les chevilles, invitant Valérie à lui arracher son string. Une fraîche cicatrice rouge bombait sur le ventre de la fille. Sous les applaudissements hystériques, Valérie arracha le cilice-string rouge sang et bien serré, et de l'entrejambe épilé s'échappa une nuée de papillons. L'essaim s'abattait sur les gens tels des crickets pèlerins. Tori Topic, les mains sur les hanches, fière comme une bête *enfin* devenue sauvage, exécutait une étrange danse du cheveu pour les chasser. Elle avait une belle allure *barbare*. Un beau visage chatoyant d'un éclat cru. Sous les torsions de son torse, ses os saillaient sous la peau iridescente, et ses petits seins couverts d'yeux de sueur défiaient les lois de la physique quantique...

Une Topless tendait à Valérie un siège d'acier. Valérie s'assit face au Boiteux, qui tendit une main pour lui retirer le papier blanc qu'elle avait dans la bouche en faisant des « hum ! Hum ! ». Dans les mains du Boiteux, le papier devint rigide, tel un polaroïd couleur le montrant sur un matelas crasseux en train de prendre en levrette Tori Topic, laquelle, selon le mouvement des yeux sur l'image était *Panta Onta*, c'est-à-dire tout à la fois la chair, la sauvagerie, la merde et le monde indéterminé. Et les yeux de *Panta Onta* étaient phosphorescents, comme une chatte dans la nuit...

— Ça t'a plu ? T'as aimé ? demandait l'anxieuse Valérie.

— C'est violent... Cela m'a fait penser à de la pornomachie...

— Ça me fait plaisir ce que tu me dis... Je voulais cette mise en scène du pornographique... Tu vois, cette barre d'acier, c'est le prolongement de l'esprit, telle l'épée.

— Une épée, c'est aussi fait pour tuer...

— Tu crois tout savoir ! Bien sûr qu'il y a une dimension criminelle. J'ai la main guerrière. Et j'éprouve l'étendue de mon corps par rapport à ce qui le pénètre. Je suis un terrain d'exploration initiatique. Les femmes sont faîtes pour recevoir. La différence entre toi et moi, c'est que moi j'ai besoin aussi de spiritualité. Toi, tu n'as besoin de rien ni de personne.

— Je ne suis pas seul, je suis dans le monde.

— Au fait, il paraît que tu es dans la renonce.

— J'suis passé par l'Hôpital Conatus ! Un peu humiliant de sentir la main d'une infirmière dans son cul...

— Par le trou du cul tout le corps est réinventé. Y en a même qui disent y voir dieu lors de l'orgasme anal. Il faut savoir mettre son corps en jeu, comme moi.

— Bref, mes cellules sont nettoyées. Le Trachyte, c'est dans la tête, y a pas de dépendance. Un peu comme le sexe.

— Moi je continue à me seringuer à l'héroïne. J'peux pas décrocher. J'ai pas ta force. C'est peut-être parce que je veux être une héroïne de la blanche. Et une héroïne de la blanche, c'est comme une icône : ça ne chie pas.

— J'ai connu ça... je sais ce que c'est que d'être bouffé par la came...

— Je te demande pardon pour tout ce que je t'ai fait subir au moment de notre séparation. Je me rends compte maintenant que je t'ai fait du mal...

— Non, il ne faut pas t'excuser... Si cela n'avait pas eu lieu je n'en serais pas là où j'en suis maintenant.

— Et tu en es où ?

— Je suis en train de mourir...

— La vie est précieuse et tu as raison d'en prendre soin... Mais si notre sexualité a été mal vécue, c'est parce que cela aussi devait t'arranger. On n'a jamais baisé : on s'est masturbé par personne interposée. Tu ne pouvais pas me baiser car tu m'as idéalisée. Tu étais incapable de saisir que c'est ton désir de viol qui s'actualise dans le lit à coucher. Tu m'aimais trop !

— Trop ?

— Tu avais comme une *idée platonique* de la femme... Nous avons vécu en miroir l'un et l'autre, dans et pour le regard de l'autre. Et tu ne prenais pas un grand risque en couchant avec une nymphe qui n'était pas encore très sûre d'elle sexuellement. Souviens-toi de cette

118

nuit où j'avais noué à mon cou une de tes cravates. C'était drôle, cette cravate noire entre mes deux gros nichons. Et pendant que tu me sautais, mon cou avait tellement gonflé sous l'excitation de ce bondage improvisé, que j'étouffais. Toi tu as continué à me foutre. J'ai cru que j'étais en train de mourir. Mais tu as eu peur, et tu as desserré le nœud, sans éjaculer... Dommage, j'aurais pu m'élever comme une traînée de brouillard vers l'Olympe des rares élues : celles qui jouissent à mort. On n'était pas sexuellement compatible. Tu n'étais pas le *dominateur* dont je rêvais...

— Tu l'as trouvé...

— Lorette !

— Lorette ?

— Fais pas l'innocent. Tu sais bien qu'on se gouine à mort. Elle me domine. Et au lit elle se comporte comme un mec : elle veut me *posséder*, me *prendre*, me *violer*, jusqu'à oser des pénétrations de nature criminelle... Et je peux m'aliéner en elle comme une femme mariée en son mari... Avec elle, tu vois, je ne serai plus jamais ce papillon qui butinait dans des jardins d'Ève où les bébés poussaient comme des fleurs. De toute façon, si j'en avais eu des bébés, j'aurais été capable de les égarer un peu partout... Tu te souviens de la première fois qu'on a couché, je t'avais dit que ma chatte n'avait pas d'odeur, car cela faisait près de 10 mois que je n'avais pas été réglée... J'aime pas tout ce qui déforme mon corps... Ce corps, c'est mon outil de travail... Tu dis plus rien... T'es jaloux ?

— On parle... mais on ne discute pas...

— D'où le mot sur le bout de la langue... D'où le sexe... On parle, on baise, pour ne pas entendre l'indéterminé qui résonne dans l'abîme qui nous sépare les uns des autres...

— J'ai couché avec Lorette pendant qu'on était encore ensemble...

— C'est pas grave... Je ne te demandais rien tu sais... enfin, pas au niveau de la fidélité... Et alors, c'était comment ?

— Elle avait une manière enflammée de faire des fellations... Et, c'était une femme fontaine...

— Ah bon ? Tu dois avoir des talents de sourcier... En tout cas, d'y repenser, cela doit te faire de l'effet : tu as des yeux phosphorescents, comme un chat dans la nuit...

— N'aie crainte, cela ne fait pas mal...

— Et bien moi, mon cher, j'me la raconte façon américaine, par-devant, par-derrière...

— C'est-à-dire ?

— I love that!

— What?

— Convulsing in orgasm!

— You talk me about sex?

— Yes! Primitive passion: I love so cock, desire and lust. I love taste... I (elle mime de la main)... fucking love it! Look at me!

Valérie se leva. Elle retira sa combinaison de latex, qui se décollait de sa peau avec un bruit de succion. Nue, elle monta à quatre pattes sur la table, en prenant bien soin de placer sa croupe face au Boiteux. « Look at my fucking ass! » lui ordonnait-elle. Et tout soudain, des personnes, les yeux fous coruscants, se jetèrent autour de la table, s'approchant d'un air félin pour frapper d'une gifle, ou d'un coup de poing, ou d'un coup de serviette la large croupe de Valérie. Les coups pleuvaient avec une violence folle. Les fesses en devenaient rouge sang. L'odeur et le bruit de la guerre flottaient dans l'air enfumé autour de la table comme un nuage atomique chargé d'éclairs incandescents. Puis, lorsque Valérie cria « I am coming! » les coups donnés s'espacèrent, et, peu à peu, un silence absolu s'imposa avec son cortège d'angoisse. « Look at me! » cracha Valérie. Et subitement, le Boiteux se sentit très mal à l'aise. Les grosses fesses de Valérie s'écartaient sur l'anus. Le Boiteux, fasciné, voyait l'anus se dilater et s'ouvrir doucement tel un iris. Une substance visqueuse et transparente s'en échappait, ainsi qu'une forte odeur de plastique chaud. Du cratère anal sortait une petite boule de la taille d'une balle de ping-pong et de couleur noire. Elle était montée au bout d'un tube nervuré, en fibre de verre, qui se déploya sur cinquante centimètre en trois segments télescopiques. Le tout était lubrifié d'un corps épais et translucide qui dégoulinait en de longs étirements sur la table en acier chromé. Le Boiteux était sidéré face à cette boule qui s'avançait auprès de lui avec la lenteur d'un crotale gluant. Dans un sifflement électronique, la partie avant de la petite boule s'ouvrit comme un œil. Un minuscule écran de télévision y palpitait. L'image zigzaguait. Puis elle se stabilisa. Le Boiteux se pencha en avant vers l'écran qui montrait une chambre meublée avec une symétrie absolue : un lit à coucher, avec de chaque côté d'identiques tablettes de chevet en bois noir sur lesquelles étaient posées la même lampe avec le même abat-jour noir. Le Boiteux s'approchait encore, profitant du travelling avant pour pénétrer dans la chambre, où il sentait son corps s'écouler dans le moule d'une femme. Après lui avoir taillé une pipe baveuse sur mesure, Valérie se plaça à califourchon sur le mâle, afin de tracer avec son cul une suite d'images pornographiques qui raconteraient l'envers de l'*amour* : la *haine*. Jambes musclées et velues écartées, verge dressée comme une pierre barbare vers l'entrecuisse iridescente de Valérie, laquelle l'empaumait pour s'enconner jusqu'à la garde. Les joues en feu, yeux charbonneux, elle se laissait défoncer, tel un morceau de viande rouge sur le comptoir du boucher, son petit ventre convexe convulsant sous les à-coups, ses seins lourds dodelinant, ses fesses grêlées rougissant d'empreintes négatives sous les claques d'une main virile, ses talons-aiguille-crucifix accentuant cette impression phallique qui se dégageait de son corps foutu à mort se reflétant sur le miroir, à la tête du lit, avec derrière elle la caméra qui rampait lentement vers ses fesses poisseuses qui rebondissaient en claquant comme de la gélatine contre les cuisses velues, et s'écartaient sur l'anus violacé, vineux et gluant. Le vit tout en courroux dans la vulve iridescente et humide, avait une vélocité hypnotique. Un flux et reflux constant. Une débauche d'énergie. Un jouet mécanique à dimensions variables et qui pouvait faire *pschitt* dans le vagin velu, dans l'anus et dans la bouche fellatrice. Par delà les furieuses vagues du fessier adipeux, une belle chevelure noire, qui cascadait sur des épaules graciles, ondulait d'éclats nacrés. Valérie se retourna. Elle criait à la caméra qu'elle voyait le phallus en elle. Que son indécence l'excitait, car il n'y avait plus de hors-champs. Ainsi elle rendait le monde visible dans sa totalité. La roide verge défonçait compulsivement le con, lequel donnait l'impression compulsive de l'aspirer et de la recracher. Une dialectique sexuelle dont le con ressortait vainqueur en une belle mélodie liquide en forme de Ô : « Le con noie l'instinct du tueur... La jouissance féminine désarme... Le con dégorge de paix... L'anus défèque ce qui est mort... La femme chie et baise car elle est vivante... L'icône ne chie pas et ne baise pas car elle *est* pour la mort... » Une grêle de sperme gicla sur le cul de Valérie. Aspersions systoliques de flocons d'écume. Éclat nacré du sperme ruisselant au long de la belle courbure. Valérie se retourna et fixa l'œil mâle qui tout à la fois la filmait et la foutait. Les yeux coruscants attachés à l'objectif, elle pensait à part elle : « Prise en con au fond d'un pieu, mon cri et le seul chant qui puisse te sauver de ton phallus dé-composant le mouvement hypnotique de ta folie meurtrière. » Valérie tourna le dos au mâle et elle s'enfonça la verge gluante dans l'anus. Son visage s'enflammait. Ses fesses claquaient comme un métronome affolé sur le bas-ventre du mâle. Chair contre chair. Muscle contre muscle. Sueur contre sueur. Le mâle fixait la large croupe ondulant comme de la chair liquide. Valérie donnait d'amples coups de reins. Tout son corps de gelée visqueuse semblait aller et venir au long de la verge qui luisait telle cette barre d'*Artistic Pole Dancing* autour de laquelle

Valérie savait s'enrouler comme une liane halucigène, sublimant son cul en une arène de gladiateurs en expansion perpétuelle, engloutissant tout, telle une matrice guerrière qui n'arrêtait pas le progrès, mais l'accélérait avec une belle débauche d'énergie. Les seins de Valérie oscillaient, comme les vagues de la mer, cette oscillation d'où naissait toute musique. Valérie écartait ses lourdes jambes afin de soulever sa croupe bien dans l'axe de la verge sodomite. Ses talons aiguille en forme de crucifix se confondaient avec son corps sodomisé. Petit à petit, sous les coups de boutoir précipités qui claquaient contre les murs de la chambre, le corps de Valérie était crucifié sur la croix d'acier de chaque talon aiguille qui claquait sur le macadam d'une avenue de Brooklyn. Elle portait un pantalon noir moulant. Elle descendait l'escalier mécanique de la station de métro, qui sentait la pisse et la merde. « Là où ça sent la merde, ça sent la testostérone! » pensait-elle, agenouillée au pied du mâle, le suçant avec application. Lents et profonds mouvements de va-et-vient ; doigts d'une main qui se refermaient fermement, comme un anneau, à la base de la hampe ; paume de l'autre main qui caressait avec des mouvements rotatifs consécutifs les couilles. La bave mousseuse s'agglutinait aux commissures de ses lèvres charnues chauffées à blanc. L'œil noir coquin et trouble papillonnait vers le mâle, sa *croix*, son *dominateur*, dont la froide jouissance virile s'abattit sur elle telle le couperet de la guillotine. Danse macabre de bombes rattachées aux attributs sexuelles de Valérie, comme si cette/la femme était responsable des horreurs de la guerre. Et Valérie ahanait sous les coups de butoir de la roide verge qu'elle usait et abusait des hommes pour se torturer elle-même. Pour se procurer des exaltations impures. Et elle ne savait plus si elle baisait avec ce mâle ou bien si elle était ce mâle… ce Boiteux en train de mourir, et de l'esprit duquel elle sortait petit à petit, ce Boiteux qui rampait dans le noir le plus noir…

Le Boiteux avait beau écarquiller les yeux, il ne voyait rien. Les ténèbres lui collaient à nouveau au corps comme une seconde nature. Il pensait pourtant l'avoir traversée cette peau noire des enfers. Mais le dédale d'angoisse dans lequel il avait basculé était peut-être sans fin. Chute dans l'infini. Le Boiteux étouffait. Il avait très chaud. Il n'arrivait pas à s'orienter. Pas de fesses joufflues galbées dans une jupe en cuir noir à suivre. Où était-il ? Peut-être était-il toujours dans cet appartement, avec Valérie à la belle chevelure noire et Lorette aux seins tendres. C'était sûrement Valérie qu'il avait entendue jouir avec Lorette qui la baisait comme un homme. Ou bien dormait-il auprès d'une belle *étrangère*, une *barbara* comme disaient les Anciens, et ce tout n'était qu'un rêve, rien qu'un rêve ? Comme en ce temps jadis lorsqu'il regardait Valérie et qu'il avait cette impression de vivre un rêve. D'être avec l'égérie de Corps Zéro Défaut, de coucher avec, de partager avec elle l'Absurdité (la psychopathologie de la vie quotidienne), ce ne pouvait être qu'un rêve. Rien qu'un rêve. Un bon ou un mauvais rêve ? Le tout était d'en sortir…de déconner… de déculer… de déboucher… de se réapproprier son corps, son odeur et son plaisir, le seul sens humain… Ou bien était-il toujours à l'Hôpital Conatus en cure de renonce ? Ce devait être cela. Il devait y être, auprès d'une infirmière, dont il reconnaissait l'odeur de la peau, et celle de la sueur s'exhalant de dessous sa blouse blanche... Non... Cette odeur de sueur et d'entrecuisse étaient celles de Lorette aux seins tendres. Cette odeur de *cul* qui planait dans la chambre après qu'il l'eût foutue à mort, comme elle le lui demandait, puisque c'était aussi ce qu'il voulait. Cela s'appelait la rencontre de deux inconscients...

Lorette, indolente, se retourna vers son sac en peau de serpent, posé au milieu du lit à coucher. Les reins cambrés, elle y retira une boîte de pilules de Trachyte. Comme une féline, Lorette allait et venait autour du lit, répondant aux questions intrusives de Valérie la sagace, sans se départir de cet état de séduction et d'exhibition qui lui donnait confiance en elle. Un pantalon de velours rouge, finement côtelé, moulait sa croupe bellement charnue et galbait ses longues jambes. Sur son débardeur noir, coupé près du corps, magnifiant le volume des seins, Valérie pouvait y lire en lettres blanches : *la beauté, c'est moi !* Lorette s'allongea, un oreiller rebrodé de papillons verts contre son ventre, puis admira, sur la vitre de la baie, le reflet de son corps qui embrassait tout New York. Elle riait de voir Valérie nue, un *machinae mulierum* noué à la taille, la reproduction parfaite du sexe du Boiteux. Valérie avait le bras garrotté. Avec l'aiguille de sa seringue, elle se cherchait une veine. Une fine traînée de sang remonta dans le tube. En voyant Valérie dans toute sa morgue glaciale monter sur le lit, Lorette comprenait que la blanche chauffait tout son corps. Mais être *envapée* n'était pas bon pour goder. Valérie, le gode à la main comme un glaive, se sentait puissante. Elle était toute puissance sexuelle, mais sans désir. Un enfer mécanique qui voulait manger le monde. Les sourcils froncés, le regard sombre et fixe, donnaient au visage de Valérie un air obstiné. Valérie passa un doigt sur la bouche charnue de Lorette. Puis elle posa une main sur un sein qu'elle caressa. Valérie claqua légèrement le sein, puis l'autre. Lorette riait. Valérie continuait de la gifler sur les seins, les joues et les cuisses. Elle semblait sidérée par le ballottement de la lourde poitrine. Le son mat des claques. Valérie se redressa en empaumant le gode. Lorette s'avança, offrant sa bouche. Le gode allait et venait sur toute sa longueur dans la bouche spumeuse. En fermant les yeux, Lorette avait la sensation d'avoir en bouche la bite finement circoncise du Boiteux. Soudain, un flash de lumière bleue aveugla Lorette : les substances chimiques de pilules de Trachyte, qu'elle venait d'avaler, produisaient leur effet sur son cerveau, qui se liquéfiait dans sa colonne vertébrale ; toute sa mémoire, toute sa vie chutait... au bout de son coccyx, alors qu'elle exécutait une fellation drue sur la queue artificielle du Boiteux... qui éjaculait sur sa langue du lait brûlant et sucré... Tout soudain, son pantalon de velours rouge se déchirait à l'entrecuisse ! D'entre les poils noirs de son con en labour, sortait, doucement, un serpent noir et visqueux. D'entre les jambes de Lorette, le Boiteux-Valérie empoignait le reptile à la base de l'énorme tête, où brillaient des yeux blancs, pleins de menace. De l'autre main, le Boiteux-Valérie agrippa l'extrémité qui dégorgeait du con, puis noua le serpent autour du cou de Lorette, en serrant très fort. Elle suffoquait sous la constriction. Près de son visage enflammé, le serpent sifflait en ouvrant une gueule armée de puissants crochets. Sa tête renflée était trois fois plus grosse que la main du Boiteux-Valérie. Accroupi sur Lorette, à tour de reins, le Boiteux-Valérie resserrait l'étreinte du nœud gluant autour du cou enflé de Lorette. Les veines saillaient. Elles palpitaient sous la peau. Lorette étouffait. Ses lèvres bleuissaient. Son visage vultueux gonflait. Le Boiteux-Valérie continuait de la défoncer, jusqu'à la garde du gode, jusqu'à engager son pronostic vital, jusqu'à voir les yeux de Valérie en Lorette se révulser… puis, peu à peu, jusqu'à voir de dessous la peau du cou le sang se figer dans les veines. Peau tendre où le Boiteux avait tant aimé y faire des suçons — qu'elle cachait lors de sa vie sociale en mettant de beaux foulards parfumés à la mûre. Au bout du lit à coucher, Lorette gisait la tête basculée en arrière. Elle avait teint ses cheveux en nuit noire, comme Valérie. Le lit, drapé de gris métal, glissait sur le sol… et il pénétra dans la baie pleine de lumière blanche... Toute la réalité psychotique qui entourait Lorette vibra... se balança... se convulsa... et, très lentement, s'effondra comme un château de cartes...

« Look at me ! » criait Valérie, penchée au-dessus de la cuvette des toilettes de son appartement, sa robe de latex relevée sur les reins, les fesses marbrées d'écarlate, son pied gauche posé sur la lunette en bois et l'index droit enfoncé dans son cul pour s'aider à vomir. Elle crachait de l'air et sentait son estomac se retourner comme un gant, s'ourler lentement le long de son œsophage jusqu'à sa bouche qui se tordait dans un rictus d'anus de larve pondeuse. Elle enfonça son doigt plus profondément. Chaque spasme de son diaphragme faisait ballotter ses fesses grêlées de capitons. Valérie, accoudée sur sa jambe gauche, expulsait violemment de l'air vicié, produit par la came, mais aussi par les principes actifs des cosmétiques absorbés par l'organisme. Rien d'autre ne sortait. Alors son index décula. Le cratère anal se referma en sifflant. Les fesses s'étiraient comme deux grosses gouttes d'huile. Valérie se redressa et fit redescendre sa robe de latex noir. Elle tituba dans la salle de bains, jusqu'au lavabo. Elle avait la sensation d'étouffer. De ses mains, elle essayait de retirer quelque chose qu'elle n'avait pas autour de son cou. Était-ce déjà la fin ? Était-elle en train de mourir ? À quoi bon tout ce mal pour en finir ainsi avec la vie ? Valérie regardait Valérie dans le miroir rond. Elle était livide. Sa peau blanche était comme chiffonnée par l'épuisement. Ses yeux noirs, injectés de sang, s'enfonçaient dans leur orbite. Sa longue chevelure noire était en désordre, et accentuait l'aspect morbide de sa silhouette. Si elle se décomposait ainsi, petit à petit, c'était peut-être parce que le Boiteux était en train de mourir. Elle quittait, peu à peu, son esprit. Lui mort, elle n'existait plus. Elle devait coûte que coûte s'aliéner en un autre, pour continuer sa narration, pour continuer à se la raconter. Vivre sans être sous un regard était impensable. Invivable. Valérie devait accepter de se laisser mourir dans l'esprit du Boiteux. La manière dont il la voyait, dont il la racontait, dont il la jouait et dont il la jouissait, tout cela allait disparaître. Cette petite partie d'elle-même n'existant plus pour le Boiteux, celui-ci ne saurait pas si Valérie était vivante ou morte. Quand tu sors de la vie de quelqu'un tu es mort par rapport à cet horizon des possibles que représente cette personne.

Valérie ouvrait la bouche pour essayer de retrouver son souffle. Elle porta sa main à sa gorge. Elle sentait sa carotide palpiter rapidement sous ses doigts. Elle fronça les sourcils. Elle se rapprocha lentement du miroir en ouvrant la bouche. Elle voyait, avec stupeur, qu'elle avait une deuxième mâchoire. Son cœur s'emballait. Elle serrait sa main très fort autour de son cou qui gonflait. Sa peau craquait. D'épaisses veines sombres saillaient. Quelque chose la grattait au fond de la gorge. Elle toussa. Sa langue, repoussée contre la glotte par la deuxième rangée de dents, la gênait pour déglutir et respirer. Elle toussa derechef très violemment en se penchant au-dessus du lavabo. Elle étouffait. Des larmes teintées de fard noir coulaient de ses yeux vitreux. Elle suffoquait. Elle ouvrit très grand sa bouche à double mâchoire d'où sortait un papillon vert. Il tomba au fond du lavabo. Il déploya ses longues ailes vertes tâchées d'écailles blanches et gansées de noir et de rouge. Ses longues antennes plumeuses tâtaient l'air humide. Valérie, qui reprenait à grandes goulées sa respiration, plongea une main dans le lavabo pour capturer le papillon. Mais il s'envola. Il papillonna autour d'elle. Valérie le suivait du regard. Le papillon sortit de la salle de bains et alla se poser sur le mur du couloir tapissé d'un effet peau nue. D'un pas lourd et peu assuré, Valérie alla jusqu'à la chambre à coucher, sans dessus-dessous. Accroupie devant une vieille commode de bois noirci, elle ouvrit un tiroir et en sortit sa boîte de chasse à papillon. Elle fut surprise de voir, dans un coin du tiroir, enroulé dans un slip taché de menstrues, un manuscrit. Avec dégoût, du bout des doigts, Valérie souleva légèrement le slip, dévoilant un peu la couverture verte :

CLITORIS ROI

Thèse sur la trivialité

Valérie referma avec rage le tiroir. Que faisait ce texte ici ? Lorette lui avait pourtant promis de tout lui dire… Les mains tremblantes, elle posa la boîte de chasse sur la commode. Elle l'ouvrit, fouilla et en sortit un petit sachet en plastique couleur de peau nue. Elle le déchira avec sa double mâchoire, et elle en sortit une longue aiguille blanche. Elle retourna dans le couloir en enjambant une chaise renversée. Sur la pointe des pieds elle s'avançait. Elle s'arrêta tout près du papillon. Elle brandit l'aiguille au-dessus de lui, visant le milieu du corps, et… la ficha dans le mur, le papillon s'étant envolé. Il était entré dans la chambre à coucher aux murs tapissés façon muqueuse rectale. Valérie titubait. Sa vue se troublait. De ses yeux noirs grands ouverts coulaient des larmes. Elle lâcha l'aiguille plantée dans le mur peau nue. Elle sentait ses joues se gonfler… puis sa gorge…

puis ses doigts... ses jambes... ses pieds... son ventre... son cul... et tous ses viscères tombèrent d'entre ses jambes sur le sol... Dans un bruit sec et continu, les coutures de sa longue robe de latex noir craquèrent, et elle tomba comme une masse à ses pieds conchiés. Ses bas noirs se filèrent. Perdant de leur élasticité, ils glissèrent et tombèrent en fichu autour des chevilles. Les dernières traces de lait nourrissant, de sérum concentré lipo-actif, de masques anti-rides et autres huiles Corps Zéro défaut de drainage de cellules mortes s'évaporèrent en exhalant une odeur putride de charnier. Les rides, les capitons, les bosses, les crevasses, les vergetures et les boutons retournèrent à la surface de la peau, constellée d'exsudats. Petit à petit le corps de Valérie se statufiait en un bloc aux nuances cendrées. La peau parcheminée était zébrée d'un lacis de craquelures. En de petits craquements secs, les fissures se répandirent sur toute la longueur de la colonne vertébrale, et le corps de Valérie se brisa en deux morceaux qui tombèrent au sol. À l'intérieur de chaque morceau, l'empreinte en creux de deux femmes : Valérie et Lorette.

L'odeur de cadavre flottait dans la chambre à coucher. Le papillon vert voletait au-dessus du lit. Les draps froissés étaient maculés de taches et d'auréoles que les antennes du papillon palpaient. Puis il s'envola à nouveau et se posa sur la commode, près d'une seringue usagée. Au pied de la commode gisait le manuscrit enveloppé dans un slip de Lorette, et que Valérie avait jeté du tiroir. Le papillon déploya ses ailes et vint papillonner au-dessus du manuscrit. Il se posa sur le slip. Ses antennes palpaient les taches de sang menstruel et les rares poils pubiens pris dans la fibre. Il s'avançait, par saccades, sur la couverture verte du manuscrit. Puis il s'envola à l'intérieur de l'O de CLITORIS.

Il vola ainsi dans l'obscurité durant un temps indéterminé. Le temps d'apprendre toutes les subtilités, tous les pouvoirs qui se cachaient dans le mot CLITORIS.

Dans cet espace-temps non plus euclidien mais clitoridien, filait à très grande vitesse une comète à la longue chevelure blanche et scintillante. La boule de matière, gelée depuis des milliards d'années, fonçait comme un bolide vers le Soleil. Elle ne pouvait pas résister à son attraction gravitationnelle. Sa traîne s'étendait sur des millions de kilomètres… Et la comète fut capturée dans l'orbite de l'étoile. La chevelure, puis la queue, engendrèrent une vive lumière blanche. Le noyau cométaire se dissocia, avant de plonger dans le Soleil. Une gigantesque protubérance en forme d'arche s'élevait au-dessus de la surface de l'étoile reine...

Le ciel de New York se teintait d'un rouge sang qui chassait lentement la nuit... L'air pulsait des tonalités mélodieuses de « Georgia On My Mind ».

Du Temple des siècles – que le Boiteux avait visité les yeux attachés à la vérité nue du beau soleil noir de l'anus de Tori Topic – s'échappa un papillon vert. Il papillonna autour de la bête à deux dos, venue des brumeuses profondeurs de Tori Topic et du Boiteux. Puis il s'envola dans un New York fantôme, totalement vidé de ses habitants pour les besoins de l'écriture de ses lignes (coût en Doll'art constant : l'équivalent d'une guerre mondiale).

Dans un recoin de Time Square, sur un matelas jeté à même l'asphalte crasseux, *Panta Onta* se regardaient. Un regard lucide et brutal, et non celui d'un être qui s'aliène en l'Autre. Ils s'objectivaient *Autre*, mais *singulier*, *autonome* et *libre*. Et ils l'acceptaient. Comme ils acceptaient de sortir de la narration névrotique masculine, pour une narration faîte d'incertitudes, c'est-à-dire puissance infinie à *être*.

Dans leur souillure respective et celle du monde, *Panta Onta*, d'égal à égal, se nourrissaient de leurs effrois et de leurs monstruosités retrouvés. Réfugiés dans un petit observatoire astronomique de la 34ième rue, à Manhattan, sur leur matelas-île-déserte rouge sang, ils n'étaient plus qu'une bête à deux dos clitoridienne. Et cette Forme d'Associations Libres donnerait bientôt naissance à des *étants* que notre entendement actuel ne pouvait concevoir, mais dont notre nature profonde pouvait néanmoins deviner les *agirs* fondamentaux : se reproduire, boire et se nourrir de ce que les autres existants rejettent dans l'air, dans la terre, dans la chair… La merde de l'un est l'aliment de l'autre… La viande est la mort…

Les doigts longs et fins d'une belle main *barbara* dénouaient la lanière du rideau. La toile sombre se levait sur un Océan gris perle dont les vagues venaient se déchirer sur les rochers escarpés de la terre, terrible grondement qui s'évanouissait en une cinglante pluie de soleil s'abattant sur le corps bellement charnue et sur les fesses bellement sphériques d'Eonta.

© Pierre ALCOPA – 2015

Editeur : BoD-Books On Demand,

12/14 rond-point des Champs Elysées,

75 008 Paris, France

Impression: BoD-Books On Demand

Norderstedt Allemagne

ISBN: 978-2-322-01805-5

Dépôt Légal: Mai 2015